寺山修司名言集

身捨つるほどの祖国はありや

PARCO出版

寺山修司名言集　身捨つるほどの祖国はありや

目次

編　者―白石　征

カバー画
表紙画―林　静一
意　匠

写　真―菅野喜勝

装丁・本文レイアウト―坂井智明（ブランシック）
中島健作（ブランシック）

I　時の旅、空間の旅

旅

この世でいちばん遠い場所は
自分自身の心である

―愛さないの、愛せないの―

漂泊《ひょうはく》とは、たどりつかぬことである。
たとえ、それがどこであろうとも、われわれに夢があるあいだは、「たどりつく」ことなどはないだろう。

―旅の詩集―

私は何でも「捨てる」のが好きである。少年時代には親を捨てて、一人で出奔《しゅっぽん》の汽車にのったし、長じては故郷《こきょう》を捨て、また一緒にくらしていた女との生活を捨てた。
旅するのは、いわば風景を「捨てる」ことだと思うことがある。

―競馬無宿―

旅は出会いである。
人は出会いの偶然をもとめて汽車に乗る。

―旅の詩集―

逃げつづける者の故郷は、この世の果てのどこまで行っても、存在しないものなのだ。

—勇者の故郷—

遠くへゆくことは、つねに反歴史的であり、一処《いっしょ》に定住《ていじゅう》して古くなってゆくことは、一本の木ほどに歴史的である。

ユートピアを歴史の外に仮想《かそう》し、いつも「この世のほかの土地」へ想いを馳《は》せつづけているものにとって、時と距離とは「おのれ自身との結合」をあきらめ、おのれ自身とわかれてゆかねばならないことを予告する。

—世界の果てまで連れてって—

人には「歴史型」と「地理型」がある。歴史型は一ヶ所に定住して、反復と積みかさねの中で生を検証し、地理型は拠点《きょてん》をかえながら出会いの度数をふやしてゆくことによって生を検証してゆくのであった。

従来の日本人は魂《たましい》の鎖国令の中で、春夏秋冬をくりかえす反復性を重《おも》んじたが、私はそうした歴史主義を打破して、地理的、対話的に旅しながら問い、去りながら生成したい、と思ったのである。

―旅の詩集―

旅情というのは、旅立つ前の見知らぬ土地への憧憬《どうけい》と、到達してしまったものの幻滅《げんめつ》とのあいだをつなぐ、（それゆえに、まだ、どちらにも属さない）感情だということになるのだろう。

―旅の詩集―

こうやっていつも旅ばかりしていると、ときどき思うんだ。人生は汽車に似ているな、ってね。旅をしながら年とって古くなってゆく。自由になりたいな、って思うが、レールの外に出れる訳《わけ》じゃない。

―花嫁化鳥―

そして人は言うのだ。

「死ぬまで渡りつづけるなんてことは、とてもできないよ。」と。

だが、私は渡りつづけること、旅しつづけることのほかに、何の人生があるものだろうか、と思っている。

定住することは、不滅を信じることだ。私は、そんなものを信じない。できるならば、私の死んだあとでも、墓は汽車の連結器の中につくってもらいたいと、思っている位《くらい》である。


―旅の詩集―

少年時代に観た映画『コルシカの兄弟』(The Corsican Brothers)——フランキ家の復讐《ふくしゅう》を果たしたコルシカの兄弟。一人は愛するイザベルを胸に抱き、一人はその分身にイザベルを渡して、静かに息を引きとってゆくのであった。

グレゴリー・ラトフが監督した、このB級映画の傑作は、その後も長く私の胸に灼《や》きついて離れなかった。そして、私は思ったものだ。

「この広い空の下のどこかに、私の分身が一人いて、私とのめぐり逢《あ》いを求めながら旅しているのではなかろうか?」と。

—さらば、競馬よ—

酒が言わせた言葉だと
何でいまさら逃げるのよ

というバーブ佐竹の唄の文句ではないが、流れ者のダンサーにとって、人生は、止まらない汽車なのだ。
もし、停車駅があるとすれば、それは死を意味することになるだろう。ジプシー・ローズの死も、浜ジュンの死も、そうした人生の、途中下車にほかならなかったのだ。

―さらば、競馬よ―

旅行案内書の中の時刻表や名所旧跡《めいしょきゅうせき》の解説が、すぐれた「旅の詩集」であるように、マッチ箱の中や、机の抽出《ひきだ》し、罎詰《びんづめ》の中もまた、旅行者にとっては「異邦」であったりする。

—旅の詩集—

自由

「自由の最後の敵は何だと思うね？」

「やっぱり、銃だろう」

「ちがう」

「では何だ？」

「記憶と記録である」


―気球乗り放浪記―

「自由」という言葉と「明日」という言葉は似ているのであって、それが現在形で手に入ったと思うときは死を意味しているのです。

―家出のすすめ―

「ぼくは撃ち落とされてきた鳥なんかには興味を持たない。
それは〈自由〉じゃないから。
そう、それはもうぼくを羨《うらや》ましがらせてくれないから」

―「飛びたい」―

鳥が翼で重量を支えていられるのは　ある速度で空気中をすすむときに
まわりの空気が抵抗で揚力《ようりょく》をおよぼし
それが鳥のさびしさと釣合《つりあ》うからだ

―ロング・グッドバイ―

同じ鳥でも飛ばない鳥はなあんだ？
それはひとり　という鳥だ

―赤糸で縫いとじられた物語―

家出

私は『家出のすすめ』を書きながら、少年たちに、親捨てと放浪とをすすめてきた。
そして最期《さいご》に、
「花に嵐のたとえもあるさ
さよならだけが
人生だ」
としめくくるのが好きだった。

―旅の詩集―

家出の実践《じっせん》は政治的な解放のリミットを越えたところでの、自立と自我の最初の里程標《りていひょう》をしるすことになるだろう。
親との対話という名での、血的遺産のリレーを中断し、むしろ親とも「友情」を持てるような互角《ごかく》の関係を生みだすためには、幸福な家庭も捨てなければならないのである。
自分ひとりでも歩かねばならない――むしろ、自分ひとりでこそ。

―新・書を捨てよ、町へ出よう―

家出少年の最も親しい道づれは幻想である。

―死者の書―

思い出

人は「時を見る」ことなどできない。見ることができるのは、「時計」なのである。

—寺山修司の仮面画報—

時計の針が
前にすすむと「時間」になります
後にすすむと「思い出」になります

—思いださないで—

美しすぎる童話を愛読したものは、大人になってから、その童話に復讐される。

―さかさま世界史―

思い出ということばは、科学を裏切る。人は思い出を持つことができるが、事物は思い出を持つことが出来ないからである。思い出は、個人的な蓄積《ちくせき》であるが、ときには疎外《そがい》された人間たちの失地《しっち》回復《かいふく》の〈緑の土地〉になることもあり得るのである。

―幸福論―

一本の樹は
歴史ではなくて
思い出である

―愛さないの、愛せないの―

「じぶんが抱きもしねえ女との愛の思い出を盗もうというんですかい？」
「おれは思い出を盗むんだ。経験を盗むんじゃない。
そして歴史なんてのは、
ひとの経験を思い出に変えることからしかはじまらないのさ」

―「花札伝綺」―

過去

私は、〈過去〉という文字にルビをふるときにエクスペリエンス〈経験〉とするよりも、ストーリー〈物語〉とする方が当っているという意見で、「過ぎ去ったことはすべて物語にすぎない」と思っている。

―さかさま世界史―

「過ぎ去ったことなどはみな、比喩《ひゆ》にすぎない……それは遠い他国の出来事なのだ」

―「千一夜物語　新宿版」―

ひとはだれでも、実際に起こらなかったことを思い出にすることも、できるものなのです。

―赤糸で縫いとじられた物語―

自叙伝などは、何べんでも書き直し（消し直し）ができるし、過去の体験なども、再生をかぎりなくくりかえすことができる。

できないのは、次第に輪郭《りんかく》を失ってゆく「私」そのものの規定である。

―黄金時代―

ふりむくな
ふりむくな
うしろには夢がない

――「さらばハイセイコー」――

「昔のことって、よくみえるものよ。あたしの人生の登場人物たちもみな、退場したあとはやさしい匂いがあふれていたものよ」

――「忘れた領分」――

思いだされるような過去形の奴《やつ》になるのは何とも不本懐《ふほんかい》なことではありませんか。
わたしは「思いだされるような奴《やつ》」になるよりは「忘れられない奴《やつ》」になるべきだ、と思っています。

—家出のすすめ—

現代人は過去を感傷するだけでは生きてゆけない。過去は、道具である。人は、過去の力を借りて現在から自分を守ったり、現在を強化することで、過去の幻想から自分を守ったりする。
歴史は、「やさしく、美しいものばかり」とは、かぎらないのだ。

—ぼくが狼だった頃—

私たちは、どこにも帰れるはずがない。「中世に、原始的な精神状態に、大地に、宗教に、こりかたまった解決策に」帰るのは、無意味な企《たくら》みである。

どんなにロバート・シェイクレイやブラッドベリーがタイム・マシーンの工夫《くふう》に頭をなやましても、過去はもはや「失われた祖国」でしかないのだ。

—世界の果てまで連れてって—

「思い出って嫉妬ぶかいものよ。
これから思い出したりなんかすると、たちまち過去が復讐しにやってくるんだわ」

―「ジオノ・飛ばなかった男」―

過去というのは「死の市」です。しかも完成品です。怒りによっては決して復元され得ないみごとな彫刻のようなものです。

―家出のすすめ―

時間

少年の日、ぼくは偉大な時計をみる心で空を見あげたものだった。
あのひろびろとした無窮《むきゅう》の空がぼくの文字盤！

―思いださないで―

ぼくは小型時計が好きです。そしてこの世で一番小さな時計は、「まだ生れない赤ちゃんの心臓」だと思うことがあるのです。
振り子の音で目を醒《さ》まし、人生をはじめるからです。

―思いださないで―

運命はいつでも時計の、針。かなしみは、老いゆくばかり……。

―思いださないで―

人の一生は、かなしい時計番の仕事にすぎない。

―思いださないで―

記憶

「人間のあらゆる病気は、記憶を持つことからはじまっているのです」

―「盲人書簡●上海篇」―

人々はあらかじめ万物を記憶して生まれてくる。思い出というのは、その中の何を覚《おぼ》えつづけていたか、ということではなく、何を忘却してしまったか、ということによって決定される。

それを更《さら》につきつめてゆけば第二次世界大戦とは、人類にとっての巨大な忘却の一つだと言うこともできるのである。

―寺山修司の仮面画報―

私は自分が生まれたときのことを記憶していると言い切る自信はない。だが、ときどき初めて通る道を歩いているのに「前にも一度通ったことがある」というような気がすることがある。日の影が塀《へい》にあたっている長い裏通り。すかんぽかゆすらうめの咲いている道を歩きながら、

「たしかに、ここは前にも一度通ったことがあるな」と思う。すると、それは生前の出来事だったのではないか、という気がしてくるのである。

自分がまだ生まれる前に通った道ならば、ここをどこまでも辿《たど》ってゆけば、自分の生まれた日にゆきあたるのではないか、という恐怖と、えも言われぬ恐怖と期待が湧《わ》いてくる。それは「かつて存在していた自分」といま存在している自分とが、出会いの場をもとめて漂泊《さすら》う心に似ているのである。

—誰か故郷を想はざる—

「私は、記憶喪失に患《かか》る前に、当時の忌《いま》わしい事件の全貌《ぜんぼう》を手記に書いておくつもりでした。

しかし、それはもう手おくれです。私にはすっかり、私が何者であるか、わからなくなってしまったからです。

私は、さまざまな姿に身をやつしましたが、最終的には一人の人物になるでしょう。それは刑事です。

そして、私が尾行し、逮捕の機会を窺《うかが》っている目星の犯人の正体は私自身の記憶なのです」


──「疫病流行記」──

II

人生の迷路に出口はない

質問

十九歳のとき、ぼくは初めて詩集を出した。そのあとがきに「偉大な政治家にならなくともよいし、偉大なスポーツマンにならなくともよい。ただ、偉大な質問者になりたい」と書いた。

その頃、私にとって人生はまだ始まったばかりだったので、多くの未知のものが横たわっていたのである。

私は思ったものだ。私自身の存在は、いわば一つの質問であり、世界全体がその答なのではないか、と。


―ぼくは話しかける―

ぼくは歴史学者になりたいとは思っていなかった。少年時代、雀を引裂《ひきさ》く爪にも、「近代」を売る貸本屋の主人にも、聖なる牢獄守《ろうごくもり》にもなりたいとは思っていなかった。ぼくはむしろ養《やしな》いつづけてきた瞑想《めいそう》への一つの到達として、一切の諸科学の鳥を超え、地位や権力よりももっと高み彼方《かなた》の、あるものになりたいと思っていた。

それは「質問」であった。ぼくは

「大きくなったら、質問になりたいのです！」

—地獄篇—

人生はただ一問の質問にすぎぬと書けば二月のかもめ

—ロング・グッドバイ—

このところ、私は二匹のカメを飼《か》っている。一匹が質問という名で、もう一匹が答という名である。問題は、答よりも質問の方がはるかに大きいことであり、たずねてきた友人たちは「質問が答より大きいというのは、どういうことだ？」と訊《き》くことになる。
そこで、私は答える。「質問はかならず、答をかくまっているからね、その分だけ大きく見えるだけさ」

—月蝕機関説—

人生には、答えは無数にある。
しかし
質問はたった一度しか出来ない。

—ぼくが戦場に行くとき—

家

わたしは、人間の「家」というものは、つねに核分裂する宿命をもったものだ、と考えています。
自分の家というのはつねに一代のものであり、それは西部の草原に愛する妻と二人で小舎《こや》を立ててはじめてゆくような、「創生」の歓《よろこ》びに充《み》ちたものだと思っています。

—家出のすすめ—

「家」は、その本質としては、土地への反喩《はんゆ》である。土地は不滅だが、家族は交換可能だからである。
だが、土地と人とを結びつける呪的因果律《じゅてきいんがりつ》として「家」をとらえようとして、前近代の悲劇はくりかえされてきた。

―鉛筆のドラキュラ―

親の愛情、とりわけ母親の愛情というものはいつもかなしい。いつもかなしいというのは、それがつねに「片恋《かたおもい》」だからです。

―家出のすすめ―

親が子に寄せる愛も、ときには親自身の孤独とエゴイズムから生まれる私有欲であり、子にとって重荷である場合もあるのです。

人間の思慮分別《しりょふんべつ》など、いつの場合だって自分勝手だったり、自己中心だったりする。それは、はかないものです。

風にそよぐ葦《あし》のようなものです。

―さかさま世界史―

「親が捨てる子、子が捨てる親

中をとりもつ

地獄の風」

―「狼少年」―

わたしは少年の頃カタツムリを半分好きでした。

半分というのは、カタツムリが自分の肉体の一部分を「家」としているという気安さと、「家」そのものが制度ではなくて、きわめて具体的な殻《から》である、という点です。

そして、あとの半分（つまり好きになれない部分）というのは、カタツムリが自分の力で、「家」を変えることができない、という点と、一つの「家」には常に自分自身しか入ることができない、という点にありました。


―家出のすすめ―


一体、政治による解放が母と息子の絆《きずな》を断ち切ることにどのように有効なのでしょうか？

どのように、社会史的に解体されてもなお厳存《げんぞん》しつづける「幻の家」

の否定は、それが幻影である限りは、幻影の中で破壊しなければならぬ、という考えが、いつまでもわたしの頭を去らないのである。

―家出のすすめ―

成人した子たちは、「家庭」という、あらかじめ与えられていた集団から、自ら選んだべつの集団をめざす。劇団、バンドなどのような「文化集団」、宗教的「教団」、政治的「徒党」、キブツのような「家族的社会集団」、特定の異性とともに築《きず》こうとする「べつの家庭」……。

それは成長の必然である。違法でもなければ犯罪でもない、当然の要求だと言ってもいいだろう。

―時代のキーワード―

母

大工町寺町米町仏町老母買う町あらずやつばめよ

—田園に死す—

地平線揺るる視《し》野《や》なり子守唄うたへる母の背にありし以後

—田園に死す—

「子供ってのは、とびうおみたいなもんさ。
時期が来ると帰ってきて、また遠ざかってゆく。
遠ざかってゆきながら、だんだん大きくなるんだ……
それを待ちながら年老《としと》ってゆくのが母親だよ」

―「とびうおの歌」―

そら豆の殼一せいに鳴る夕母につながるわれのソネット

―空には本―

「すごい……豊作だよ。母さん」

「すごいだろ、あたし一人でやったのさ。畑の真中《まんなか》には、お墓もあるだろ。お墓のまわりの黄色いのは、おまえが子供の頃に好きだった菜の花だ。よく見てごらん、あの菜の花は、ぜんぶ母さんの白髪でつくった造花《ぞうか》だよ。だから決して枯れることがない……」

「これ全部かい？　母さん！　これ全部、母さんが夢に見たのかい？」

「そうだよ。ほら、真中《まんなか》に小さな茅葺《かやぶ》きの家が一軒ある。畑の中の道は、どこ通っても必ずわが家に帰るようになっている。双六《すごろく》だよ、おまえ。おまえは叱《しか》られて、風呂敷包みをもって、夕暮《ゆうぐれ》になると、あの道を帰ってゆくんだ」


―「壁抜け男」―

母性愛は美しいという発想は非常に危険だと思う。
自分の息子のために命がけでやる母親というのは、他人の息子のために
は命がけでやらないということと裏腹《うらはら》になっている。

―浪漫時代―

「狼少年は、いつかはきっと母なる狼を殺すのです。
にんげんの少年が
いつかは故郷を捨てるように」

―「狼少年」―

ぼくは、貧しい私生児だったために、恵まれぬ青春時代をすごし、結婚して一児をもうけてすぐに未亡人となった一人の女のことを思い出した。

彼女は、子供の養育費をかせぐために、ストリッパーになって、九州の炭坑町《たんこうまち》を転々とし、ジプシーのような半生をすごした。彼女は、当然、アルコール中毒になり、酔っぱらうと、島原《しまばら》の子守唄を唄ったという。メリー秀子というのが、そのストリッパーの芸名だが、大きいステージに立ったことがないので、誰もその名を知らない。

彼女はバスの定期入れの中に、一枚の子供の写真を大切そうに持っていたというが——何をかくそう、その写真の子供というのは、実は、ぼくなのである。

だが、ぼくの母が流れのストリッパーだったと書いても、いったい誰が信じてくれるだろうか。

「過去を軽蔑《けいべつ》するものは、軽蔑すべき過去しか持つことができない。だが、過去を誇れるものは、誇るべき過去を持つことができるのだ」（ネルソン・オルグレン）

だからこそ、母さん。ぼくは日本一のジプシーダンサーだった、あなたの「特出し」のステージを見たかった、と、今でも思っているのである。

―さらば、競馬よ―

はこべらはいまだに母を避けながらわが合掌の暗闇に咲く

―田園に死す―

望郷の歌をうたうことができるのは、故郷を捨てた者だけである。そして、母情をうたうこともまた、同じではないでしょうか？

―家出のすすめ―

父

現在は「父親不在」の時代であって、社会はつねにその内核《ないかく》に、父的なるものを要求しつづけている。

そして、父親を必要とする政治、宗教が、そのまま父親のいない時代の疲弊《ひへい》を物語っている。

—鉛筆のドラキュラ—

父は反復であり、歴史である。

—悲しき口笛—

乾葡萄《ほしぶどう》喉より舌へかみもどし父となりたしあるときふいに

―血と麦―

男の一生は、いわばその父を複製化することにほかならない。

―黄金時代―

麦の芽に日当たるごとく父が欲し

―ロング・グッドバイ―

「鳥は生まれるためには、卵のカラをこわさなきゃならないんだわ。卵のカラはお父さんよ」

―「海王星」―

私はボクシングのリングの上に、あるいは草野球のホームランバッターに、また背中に竜の刺青《いれずみ》のあるテキ屋の男に、そしてスクリーンの幻影、ハンフリー・ボガートの目尻《めじり》の下がった微笑にさがし求めてきたのは、実は父の原形だったのかも知れない。

「追放すべき父がいなかったために、母と寝ることができなかった」ことへの恨《うら》みつらみが他人の父への報復となり、家長制度《かちょうせいど》への挑戦となり、ひいては「家出のすすめ」となったのかも知れない。

―悲しき口笛―

自分

私は私自身の記録である。

―遊撃とその誇り―

てのひらは、しばしば自身の曇《くも》り鏡であり、あてさきのない葉書《はがき》であり、
市街図であり、そして自分の個人史である。

―黄金時代―

人生はそのまま大河演劇であり、私たち自身は台詞《せりふ》を言い、演技論（という名の幸福論）を身につけ、そのとめどない劇の流れの中で、じぶんの配役が何であるかを知るために、「自分はどこから来たのか？　そしてどこへ行こうとしているのか？」と自問しつづけている。

―地下想像力―

目をとじて触れてみる。この手、この腕、これが僕だ。見ようとしなければ、ぼくは本物のぼく自身に触れることが出来るだろう。そしてその手ごたえが、なによりも生きてるってことの証《あかし》になってくれるのさ。

―はだしの恋唄―

「ああ、うまいこと自分自身に化《ば》けたもんだな、これはあたしにそっくりだ。しかも、誰にも見せたことのないほんもののあたしにそっくり」

――「毛皮のマリー」――

「自分がしゃべる他人のことばの素晴らしさ！それはまさしく自分を数十年操《あやつ》りつづけてきたほんものの自分だ……その言いようのないなつかしさは、私が誰なのか、どこから来たのかをきっと解きあかしてくれるだろう」

――「さらば、映画よ」――

「大体《だいたい》、不満屋ってのは世の中との折合《おりあ》いが悪いんじゃなくて自分との折合いが悪い奴《やつ》のことなんだから」

―「アダムとイヴ・私の犯罪学」―

自分自身が自分の厄介品《やっかいひん》だ、なんてのは実際笑わせる。しかも、人はたいてい、毎日歯をみがくようにして「厄介付属物」をしまつしていないかぎり、すぐに厄介品扱《あつか》いをされてしまう。

―家出のすすめ―

青春

俺の心の中にゃ、と少年は思った。
ぶっこわれたジュークボックスがはいっているんだ。
十円玉を入れもしないのに、
ときどきひとりでミュージックが鳴りわたる。

―勇者の故郷―

青春というのは、幻滅《げんめつ》の甘やかさを知るために準備された一つの暗い橋
なのだ。

―ひとりぼっちのあなたに―

東京へ行きたい
と思いながら
自分の心臓の部分にそっと手をあててみるとその最初の動悸《どうき》なのか
青森駅構内の機関車が一斉《いっせい》に汽笛をならす音なのか
ひどくけたたましい音がする
おれの心臓は　さみしいひろいボクシングジムだ
誰もいないのにサンドバックだけが唸《うな》っている
もしもおれが夢のなかで
相手のボクサーに一発ノックダウンを喰《くら》わせたら
町じゅうの不幸な青年たちは
一斉《いっせい》に目をさますだろうか？

―叙事詩――李庚順―

人生

「人生は、どうせ一幕のお芝居なんだから。あたしは、その中でできるだけいい役を演じたいの。芝居の装置は世の中全部、テーマはたとえ、祖国だろうと革命だろうとそんなことは知っちゃあ、いないの。役者はただ、自分の役柄に化《ば》けるだけ。これはお化《ば》け。化《ば》けて化《ば》けてとことんまで化《ば》けぬいて、お墓の中で一人で拍手喝采《かっさい》をきくんだ……」

―「毛皮のマリー」―

「どうか、あなたの人生で、あたしの台本をよごさないで」

―「青ひげ公の城」―

「お芝居と同じように、人生にも上手な人と下手な人がいるのよ」

―「星の王子さま」―

人生において命ある限り、戦士の休息はあっても、戦士の終焉《しゅうえん》などあるはずがない。

―街に戦場あり―

「人生なんて、おどかしっこの肝《きも》だめし、うそがなければほんともなくなる、仮面がなけりゃ、ほんとの顔も見られないのよ」

―「毛皮のマリー」―

人生ではやり直しがきかない。出遅れたら、追い込むしかないのだった。

―勇者の故郷―

人生だけは他の数式のように、答としての数から逆算してみる訳《わけ》にはいかないのだ。

―地獄篇―

私より少し先をゆく影が不意の死とぶつかる。しかし、本体はまだ死にたくないので捲《ま》きこまれまいとして葛藤《かっとう》する。切りはなそうとしても、どこまでもついてくる私自身の「影からの脱走」——人生なんて、案外そんなゲームなのかも知れない。

—青蛾館—

私たちは、遊戯の中に「人生のモデル」を見出す。それは、テーブルの上で行われる、私たちの「もう一つの人生」であり、比喩《ひゆ》である。

—山河ありき—

私は思うのです。一人の同じ人間の一生にあっても「青年」と「老人」、「青女《せいじょ》」と「老女」は別人なのだ、と。
人生は、連続しているのではなく断《た》ち切れており、人は一生のうちに「何人かのべつの人間」として生きるのだ、と。

―青女論―

「ほらほら、星が出ている。
出ているけど、屋根があるから、ここからは見えない。
だが、見えない星も人生のうちなんだ。
見えるものばかり信じていたら、いつかは虚無《きょむ》におちるだろう」

―「大山デブコの犯罪」―

書物はしばしば「偉大な小人物」を作るが、人生の方はしばしばもっと素晴《すば》らしい「俗悪な大人物」を作ってくれるのだ！

―世界の果てまで連れてって―

「心なんて、おまえの持っている庭の桃の木や、納屋に繋《つな》がれている駄馬《だば》にくらべたって、安いもんだよ。おまえが近所の子と、通りゃんせでもして遊んでいたら、心なんかおまえをはなれて、ずっと遠くの田畑や、川向うの製粉所の方へ行ってしまうにきまってるからね」

―「犬神の女」―

私には、シェークスピア劇の中のユダヤ人が「心を持たない人間」と扱《あつか》われることが、「心もまた富や権力と同じように、物質なのだから大切にしてくれ」と言っている被差別者の肉声としてきとれる。シャイロックが、貸した金の代償《だいしょう》として一塊《いっかい》の人肉を抵当《ていとう》としたことは、「心もまた、肉の一部である」という寓意《ぐうい》をはらんでいるように見えるからである。

—さかさま世界史—

偶然のない人生ってやつもあるのさ。

—勇者の故郷—

美しい人情噺《にんじょうばなし》の裏には、必ずドス黒い哄笑《こうしょう》が口を開けているものである。

―スポーツ版裏町人生―

さよならだけが
人生ならば
またくる春はなんだろう
はるかなはるかな地の果てに
咲いてる野の百合《ゆり》何だろう

―かもめ―

どこの国でも、どんな祭りでも、にぎやかなところは、なぜか侘《わび》しさがつきまとう。
提灯《ちょうちん》もって、橋を渡ってゆくおんなの子。そっちへ行っても、月見草はまだ咲いていないよ、いまはまだ冬だから。

―花嫁化鳥―

「人生は
お祭りだ
いつもどこかで
おはやしがなっている」

―「大山デブコの犯罪」―

子供

子供というのは「もの」ではなくて「事件」であるということが重要なんです。

—鉛筆のドラキュラ—

子供は子供として完成しているのであって、大人の模型ではない。毛虫と蝶々《ちょうちょ》が同じものであるわけはないんで、毛虫は毛虫として完成しており、蝶々は蝶々として完成してると思う。

—猫の航海日誌—

自殺

自殺は、あくまでも人生を虚構化する儀式《ぎしき》であり、ドラマツルギーに支えられた祭りであり、自己表現であり、そして聖なる一回性であり、快楽である。

―青少年のための自殺学入門―

自殺が美しいとすれば、それは虚構《きょこう》であり、偶然的だからである。

ぎりぎり追いつめられた中小企業の経営者の倒産による自殺は、自殺のように見えるが実は〈他殺〉である。

―青少年のための自殺学入門―

私は心中が好きだが、それは並の自殺よりも贅沢《ぜいたく》だからである。

―青少年のための自殺学入門―

家庭は幸福で、経済的にも充足しており、天気も晴朗《せいろう》で、小鳥もさえずっている。

何一つ不自由がないのに、突然死ぬ気になる――という、事物の充足や価値の代替《だいたい》では避けられない不条理な死、というのが自殺なのであり、その意味で三島由紀夫は、もっとも見事に自殺を遂《と》げたことになる。

―青少年のための自殺学入門―

運命

「苦しみは変わらない、変わるのは希望だけだ」

―ひとりぼっちのあなたに―

猫と女は、呼ぶと逃げ、呼ばないとすりよってくると言うが、運命もまた、こっちが冷たくしていると機嫌《きげん》とりにやってきて、こっちがしつこく追いまわすと遠ざかってしまう。

―さかさま世界史―

女は男なしじゃ生きられないように、運命もまたおれたちの助けなしじゃやっていけないんだよ。びくびくすることはない。たかが運命じゃないか。

―さかさま世界史―

「飛ばない鳥は飛べない鳥です。つまり能力はあっても彼は空を歩けない男なのです。能力なんてのは誰でも、みんなが、千の群衆の千の肉体がもってるものなのですよ」

―「中村一郎」―

III

愛すること、愛されること

幸福

出会いに期待する心とは、いわば幸福をさがす心のことなのだ。

—幸福論—

「幸福」というものは、現在的なものである。それは時代をコードネームにして演奏される、モダンジャズのインプロビゼーションを思わせる。

「幸福」を書物によってとらえようとすれば、書物の歴史性が邪魔《じゃま》をするというのが、私の考えだ。

—幸福論—

私たちの時代に失われてしまっているのは「幸福」ではなくて、「幸福論」である。幸福がそれ自体として生きるためには、それを生かすための幸福論がなければならないのだが、書店の片隅《かたすみ》では、今でもアランやヒルティの、役にも立たない幸福論が埃《ほこり》をかむっているばかりだ。

―幸福論―

「青い鳥っていうのはみんなに見えるとは限らないんだ。人によって見えたり見えなかったりする、不思議な鳥さ。世の中には、そんなふうに、人によって見えたり見えなかったりするものがよくあるんだよ」

―「裸の王様」―

幸福についての12の質問

1　それは食べられますか？
2　それは無人島で栽培《さいばい》できますか？
3　それは指さすことができますか？
4　それはフットボールより重いですか？
5　それは川で泳いでいますか？
6　それは目の中に入りますか？
7　それは尻尾《しっぽ》がありますか？
8　それは歯でかみ切ることができますか？
9　それは包装できますか？
10　それはときどきリボンをつけますか？

11 それはノッポですかチビですか？
12 それはロバにまたがれますか？

—愛さないの、愛せないの—

チルチルとミチルにとっての幸福は、わが家の鳥籠《とりかご》の中にいた青い鳥などではなく、あの長い遍歴行《へんれきこう》そのものであった、と私は思った。幸福は何かの代償でも事物でもなく、行為そのものであり、その行為の水先案内人として「幸福論」があるのだ。

―気球乗り放浪記―

不幸な物語のあとには、
かならず幸福な人生が出番を待っています。

―猫の航海日誌―

「出会い」はいつでも残酷《ざんこく》である。しあわせに見える出会いの瞬間も、まさに「別離《わかれ》のはじまり」であると思えば、むなしいものだ。

—幸福論—

「ぼくはふと幸福ということについて考える。幸福はおそろしい。いつでも誰かを亡《ほろ》ぼす。

——誰かでなければ、自分を」

—「犬神の女」—

「こんなに空が青くて、こんなに小鳥がさえずっていて、音楽も、きれいな衣裳も、そして壺《つぼ》いっぱいの花までもが、みんな自分のものだと言うときに、こわくない人なんてあるはずがない。ああ、すばらしい朝のおそろしさ！」

―「犬神の女」―

古道具屋では、実際何でも売っている。まだ一度も人を殴ったことがないのに中古になってしまったボクシングのグローブ、船具、帆布類《はんぷるい》。独習書つきのギター、外套《がいとう》、用途不明のねじから、時には棺桶《かんおけ》まで。

だが、どんな古道具屋でも「幸福」だけは扱《あつか》っていない。その目方、長さ、値段の相場もあいまいだし、それを論証《ろんしょう》することなど不可能に近い代物《しろもの》だからである。

―さかさま世界史―

愛

つばさのない鳥がとぶには
愛の空が
必要だった
二人は
しあわせすぎて
こわかった
ときどきおたがいに
しっかりつかまっていないと
不安になった

―かもめ―

名もない男女が世界の片隅《かたすみ》ではじめる物語が、ときにはどんなすばらしいメロドラマをも凌《しの》ぐことだってある。

だが、名もないふたりの恋が世界中に名をとどろかすときには、きっとなにかが復讐《ふくしゅう》しにやってくる。歴史というのは、とても嫉妬《しっと》深いものだから。

―思いださないで―

私たちは、靴屋に靴を作ることを代行《だいこう》させせた。洋服屋に洋服を作ることを代行させせた。コックに肉を焼くことを代行させせた。

そして、政治までも代議させせることを許してきたのだから、愛したり、悲しんだりすること位《くらい》は自分のために残しておきたい、と思うのだ。

―地平線のパロール―

青空より破片あつめてきしごとき愛語を言えりわれに抱かれて

―空には本―

だれもいない無人島で
あなたと二人っきりで暮したい
毎日海で泳ぎ
裸足《はだし》で恋を語りあい
鳥のように歌いながら

―かもめ―

リマは訊《たず》ねる
——飛行機ってなあに？
ぼくは答える
——機械じかけのおおきな鳥さ
リマは訊《たず》ねる
——愛ってなあに？
ぼくはしばらく考える
——水平線に日が沈むころ

―かもめ―

「あなたは、恋愛小説を読むことありますか」

「そうねえ、読むわ。……好きだもの」

「ほうら、本音《ほんね》を吐いた。恋愛小説を読みたがるのは恋をしたがることである、って言いますからね。あなたのぼくを見る目は普通じゃない」


――「夕陽に赤い俺の顔」――


「あらたまって、聞くけどね。きみ、一目惚《ぼ》れって信じる？」

「一目惚れって……そう、はじめて見た海みたいなものね」

「きみは、ぼくの海だ。はじめて見たときの……その澄んだ目をよく見せてごらん」


――「夕陽に赤い俺の顔」――

恋をしようとおもったら、まず、恋について語ることだ。
「恋について語ることは恋することだ」って、バルザックも言っている。
—さよならの城—

朝の「さよなら」は舌に残った煙草《たばこ》の味だ。シーツの皺《しわ》。モーニング・コーヒーのカップに沈んだ砂糖。そしてなんとなく名残《なご》り惜しく、そのくせすこしばかりの自己嫌悪がともなう。

昼の「さよなら」は笑顔でできる。すぐまた逢《あ》えるような気がする。だが、一番はっきりと二人をへだてるのは昼の「さよなら」である。涙は日が沈んでからゆっくりとあふれ出る。

夕方の「さよなら」は一匙《さじ》のココアだ。甘ったるく、そのくせにがい。夜になったら、また二人は結びついてしまうかも知れないので、ひどく心にもないことを言って早く別れてしまう。夕方の「さよなら」はお互いの顔を見ないで、たとえば、空を見たりすることがある。だから夕焼けの赤さだけが二人の心に残るのである。

夜の「さよなら」は愛と同じくらい重たい。人たちがみな抱きあっている時間に「さよなら」を言うのはつらいことである。

—さよならの城—

片想《かたおも》いはレコードでいえば、裏面のようなものです。
どんなに一生懸命うたっていても、相手にはその声が聞こえない。

―さよならの城―

片想いってなに？
と女の子が訊《き》きました。
想像力の愉《たの》しみだよ、
とぼくは答えました。

―さよならの城―

結婚

花嫁の仕事は、光をとり入れる仕事である。
もう、故郷を歌ったり、
通りすぎてきた、森の中の小径《こみち》をふり返ったりすることは、いらない。
どこまでも、どこまでも、道はあるのだから。

―さよならの城―

私は、結婚はきらいだが、花嫁と新婚旅行は好きだった。
結婚には、日常性がつきまとうのでわずらわしいが、花嫁とか新婚旅行は虚構《きょこう》だからである。

―花嫁化鳥―

女は何時でも、家を作る。巣を作るのも、ねぐらをあたためるのも女、
子守唄をうたうのも、あたたかいスープを作るのも女である。
それにひきかえ、旅をするのは男、漁や狩りにゆくのも男、そしていつ
でも「見知らぬ土地」のことを想いつづけているのも男である。

―ふしあわせという名の猫―

見てきた風景を捨てて、新しい風景をつくるために、
二人は旅にでかける。
二人の「故郷」を見出すために、いくつかの野を越えて、
風をわたってゆく。

―さよならの城―

赤まんまの花をならべて「ままごと」をしている女の子に「大きくなったら何になりたい？」ときくと、「おモメさん」と答える。おモメさんは、おヨメさんのことで、幼児が何度教えても「死ぬ」を「死む」とおぼえるのと同じように、「花モメ」「おモメさん」と言う方が、通りがよいらしいのだ。

女の子は、おそらくおモメさんの晴れ着、周囲の祝福《しゅくふく》といったことを通じて、人生の「主役」を演じることの華《はな》やかさにあこがれるのだと思うが、現実の花嫁はあまりにも、はかない。それは、女の一生の中の一万分の一にも足りない、つかのまの一瞬である。

なぜなら、どんなに長びかせたとしても、女の子が花嫁でいられるのは「式の始めから終わりまで」ほんの数時間のことであり、あとの数十年は、妻か母になって暮すことになるからである。
死ぬまで花嫁のままでいることができたら、どんなによいことだろう。

――花嫁化鳥――

テーブルは
いつも大地につながっている
それは大きな木のようだ
テーブルは
いつも豊かに広がっている

それはふたりだけの小さな土地

テーブルに
木の匙《さじ》と愛をおく
それがあたしの夜の役目

テーブルは愛の実る木
やがて子供を実らせましょう
それがふたりの約束です

—さよならの城—

あなたの
仕事着を縫《ぬ》いあげてゆく
青い糸が
わたしの地平線に
なるでしょう

―さよならの城―

おまえのかなしみは
一日も早く
よごしてしまったほうがいい
そして
洗濯機で洗ってしまうのさ

ぼくはよく見かける
洗濯物といっしょに
風にはためいている
おまえの
白いかなしみを

―さよならの城―

夢を深く見すぎると、いつかその夢に復讐されます。かと言って、夢を見ようとしない人は、いつも味気ない日を過ごさなければなりません。結婚は、夢を自在に見る力によってだけ持続されるのです。

―さよならの城―

貞淑《ていしゅく》さを失った関係はわびしいが、貞淑をいつも必要としている関係は、もっとわびしい。私有しなければ貞淑さなど問題にならぬことなのだ。

―月蝕機関説―

「不貞」とは、二人の関係のなかでのみ、その罪ふかさを値ぶみされるものである。

―地球をしばらく止めてくれ　ぼくはゆっくり映画を観たい―

セックス

詩や音楽が「精神的な化粧品」であるように、性もまた「精神的な化粧品」であると思われます。

たのしいセックスができることは、ダンスや歌がうまかったり、絵に秀《すぐ》れていたり、演技が上手だったりするのと同じようにその人の教養であり、才能でもあるべきです。

―青女論―

セックスには、三つの側面があると考えられます。その一つは生殖を目的とするものですが、他の一つは人間的なつながり、愛などを表現するものであり、そしてあとの一つは快楽を手段とした、遊びまたは文化として存在するべきなのです。

―ぼくが狼だった頃―

「行《い》く」ということばは、結びあい、和合しあっている二人の密着した肉体の中にも、「魂のハイウエイ」のような長い道のりが存在していることを物語っている。

―幸福論―

夏

私たちは、終わった夏をもう一度ためしてみることは出来ない。もっと恐ろしいことは、終わった自分の夏をだれとも頒《わか》ちあうことが出来ない、ということである。

―ひとりぼっちのあなたに―

去ってゆく夏は、言わば一人の老人であった。だから今年のように、いつもの老人に逢《あ》わなくなると、突然私は、こんなふうに考えたりするのだ。「夏は、終わったのではなくて、死んでしまったのではないだろうか?」

―ひとりぼっちのあなたに―

夏……季節の四人兄弟のなかで一番の浮気者
夏……詩には麦藁《むぎわら》帽子がよく似合う
夏……秋のために思い出をつくる
夏……海の欲情を数えよう
夏……シャズっ子たちはクジラにのってやって来る
夏……殺人者たちの邂逅《かいこう》
夏……雲は吃《ども》りの旅行者
夏……ベッドの中の兎《うさぎ》さがし
夏……毛深い親指がマダムを追いかけます
　　機関銃もなしに
夏……古典の死

―思いださないで―

夏休みが終わると
みんないなくなってしまった

―ひとりぼっちのあなたに―

夏は一つの約束でさえなかった。
私は夏にたった一つのことばさえ彫《ほ》りこむことが出来なかった。

―ひとりぼっちのあなたに―

海

海には殺人の匂いがある
海には失われた声がある
海には叙事詩《じょじし》と男声合唱のひびきがある
海には性のたかぶりがある

―思いださないで―

海で死んだ若ものは
すべて　太陽のなかに葬《ほうむ》られる

―ひとりぼっちのあなたに―

ある日、ぼくは海を、小さなフラスコに汲《く》みとって来た。下宿屋の暗い畳の上に置かれたフラスコの中の海は、もう青くはなかった。
そして、その従順《じゅうじゅん》な海とぼくとは、まるで密会でもするように一日だまって見つめあっていた。

―ひとりぼっちのあなたに―

ダミアはシャンソンで、

「海で死んだ人は、みんなカモメになってしまう」

と歌いましたが、カモメになれなかった溺死《できし》の少女は、今も海の底に沈んでいます。

だから、ひとはだれでも青い海を見ていると悲しくなってしまうのです。


―さよならの城―

海を知らぬ少女の前に麦藁帽のわれは両手をひろげていたり

―空には本―

ぼくのなかで海が死ぬとき、ぼくははじめて人を愛することが出来るだろう。

—ひとりぼっちのあなたに—

なみだは
にんげんの作る一ばん小さな海です

—ロング・グッドバイ—

時には母のない子のように
だまって海を見つめていたい
時には母のない子のように
ひとりで旅に出てみたい

だけど心はすぐかわる
母のない子になったなら
だれにも愛を話せない

―かもめ―

わたしが見た　と
ひばりが言った
私はおどろいて青い地平を見つめたが
時が何であったか
見ることはできなかった

―愛さないの、愛せないの―

IV

語る言葉、唄うことば

故郷

思えば、私もいろんなものから逃げつづけてきたような気がする。
家から逃げ、母親から逃げ、故郷からも、学校からも逃げた。

―旅の詩集―

「ふるさと」などは、所詮《しょせん》は家出少年の定期入れの中の一枚の風景写真に過ぎないのさ。それは、絶《た》えず飢餓《きが》の想像力によって補完されているからこそ、充《み》ち足りた緑色をしているのだ。

―花嫁化鳥―

いつの時代にも故郷というのは残酷《ざんこく》なものだ
それは肉がしかけた罠《わな》のなかの 一つかみほどの青草だ 畜生め！
おれはこの母親殺しを遂《と》げて 青森の 薄ぐらい線路沿いの町から脱出
してやるのだ……

―叙事詩――李庚順―

ふるさとと、そこを「出た」人間との関係は、どっちに転んでも裏切者
になるほかないのだ。

―浪漫時代―

泣くな兄さん
男じゃないか
赤い夕日が
見てるじゃないか

ふたりで捨てた
故郷のことは
忘れましょうよ
夜泣きそば

—かもめ—

吸ひさしの煙草で北を指すときの北暗ければ望郷ならず

―田園に死す―

人はだれでも「帰りたい」と思いながら、しかし「帰る」ということが想像力のなかの出来事でしかないことを知るようになるのである。

―青少年のための自殺学入門―

ころがりしカンカン帽を追うごとくふるさとの道駈けて帰らん

―ロング・グッドバイ―

男は誰でも故郷をもっている。それは女にはないものである。女は生きてきた月日を思い出すとき、それが夫であったり、家であったり、山鳩の啼《な》いている森であったり、お祭りであったりする。だがそれは故郷とは別のものだということを男は知っている。

故郷というのは、二度と帰ることの出来ないものであり、いつもさびしいものなのである。

―悲しき口笛―

「ふるさと」の絵というのは、どうして遠景ばかりなのだろう。

それは、私が十歩近づけばその分だけ遠ざかり、決して中へ入ることを許さない、遥《はる》かな風景なのであった。

―花嫁化鳥―

オレが東北のことを書くと、必ずどんよりと曇《くも》った空になる。だけど、実際に青森に旅行してきた人は、いい天気だったよって言うのね。

空は青いし、なんであれがどんよりなのかって言う人がいるわけだけど、オレの心の中には、やっぱり曇った空の風景があって、家には柱時計があって、刑事でアル中だった父親がいて、捨て子だった母親がいる。しかし、揃《そろ》ってお膳を囲んでメシを食ったということは一度もないわけよ。

つまりオレが物心《ものごごろ》ついた時には、親父は死んでいたし、母親も家にはいなかった。だけど、原風景の中では、柱時計の下で家族揃ってメシを食ってるわけだね。

―墓場まで何マイル？―

俺は東京で生まれて東京で育ったから「故郷がないんだ」と言う男がいる。だが、その男だって生まれた土地はもっているのである。
ただ、故郷というものは「捨てる」ときにはじめて、意味を持ってくるという性質のものらしい。
だから一生故郷を捨てないものには「故郷」が存在としては感じがたいだけのことなのである。

―人生処方詩集―

もしかしたら、私は憎むほど故郷を愛していたのかも知れない。

―田園に死す―

孤独

おとうとよ
人生は
汽車に似ているね
さみしくなると
汽笛をならす

―かもめ―

わたしは汽笛はすきだけど
汽車はきらいです
だって
汽車は遠くへ行ってしまうんですもの。

―さよならの城―

生まれてはみたけれど
父さん母さんいるじゃなし
洗濯干場のたそがれに
ぼんやり見ていた　渡り鳥

―かもめ―

荒磯暗く啼《な》くかもめ
われは天涯　家なき子
ひとり旅ゆゑ口ずさむ
兄のおしえてくれし歌
さよならだけが人生だ

―かもめ―

木という字を一つ書きました
一本じゃかわいそうだから
と思ってもう一本ならべると
林という字になりました
淋《さび》しいという字をじっと見ていると
二本の木が
なぜ涙ぐんでいるのか
よくわかる
ほんとに愛しはじめたときにだけ
淋しさが訪れるのです

―愛さないの、愛せないの―

希望

たとえ
世界の終わりが明日だとしても
種をまくことができるか？

—愛さないの、愛せないの—

「空気の抵抗を抑《おさ》えてひろげた両腕の翼に揚力をいっぱいうけて、あたしの孤独を持上げようとするのは小学校でならったライト兄弟の飛行機！

あたしの右の翼はあたしの苦しみです　あたしの左の翼は革命です。あたしが飛ぼうとすると、この寒い空の上から心臓までまっすぐにオモリを垂《た》らそうとするのは誰ですか？

あたしは、いつかは飛ぶのです。ここより高い場所がきっとある。その場所にはきっと日あたりもよく、小向先生もいます。ハチ公もいるでしょう。植木先生も、エルネスト・チェ・ゲバラもいるでしょう。

でも飛ぶための滑走路は、まだまだ短い……飛んでゆくのは、希望ばかり」

—「千一夜物語　新宿版」—

言葉

ことばで
一羽の鷗《かもめ》を
撃ち落とすことができるか

―愛さないの、愛せないの―

「たかが言葉で作った世界を言葉でこわすことがなぜできないのか。引金を引け、言葉は武器だ！」

―「邪宗門」―

人間は言葉と出会ったときから、思想的である。

―映写技師を撃て―

人は言語によってしか自由になることができない。どんな桎梏《しっこく》からの解放も言語化されない限りは、ただの「解放感」であるにとどまっているだろう。

―地平線のパロール―

言語は何と不自由なものだろう。それには全体重ものらなければ、目のさめるような速度もない。
目に見えない「事物の代用品」でありながら、ただの道具であるにしてはあまりにも長い歴史を持ちすぎてしまった。

―地平線のパロール―

もともと言葉というのは日常的な倫理の立場ではすべて嘘であって、簡単に言えば「二度目の現実」にすぎないと思うんです。

―鉛筆のドラキュラ―

人間の体ってのは「言葉の容れ物」にすぎないし、出し入れ自由である。

―密室から市街へ―

何かを「あらわす」ために用いられる言語は、何かを「かくす」ためにも用いられる。

―月蝕機関説―

文字はよみかえしがきくがことばはそれがきかない。第一、ことばはアクセントやイントネーションがあるが、文字は表現主義やダダの詩人でもないかぎり、その大小や濃淡《のうたん》さえないありさまである。

―黄金時代―

書きことばには政治性があり、話しことばには社会性がある。

―ぼくは話しかける―

言葉を友人に持ちたいと思うことがある。

それは、旅路の途中でじぶんがたった一人だということに気づいたときである。

たしかに言葉の肩をたたくことはできないし、言葉と握手することもできない。だが、言葉にも言いようのない、旧友のなつかしさがあるものである。

―青春の名言―

今日では、標準語は政治や経済を語る言葉になってしまった。
――人生を語るに足るのは、方言しかないからだ。

―地球をしばらく止めてくれ　ぼくはゆっくり映画を観たい―

ふるさとの訛りなくせし友といてモカ珈琲はかくまでにがし

―空には本―

市民権を与えられないスラング、やくざたちの隠語は、言葉のアウトロ―である。

―青春の名言―

少年時代の私は、落書《らくがき》を読むのがたのしみで公衆便所へ通った。それは、長じてから深夜映画館に通う心に似ていた。
何か、ことばでは言いつくせないような欠落が自分の中にあり、それを埋めあわせるに足るものをさがして、あてもなくまわって歩いていたのである。

――暴力としての言語――

落書というのは、堕胎《だたい》された言語ではないだろうか？
それは、誰に祝福されることもなく、書物世界における「家なき子」として、ときには永遠に「読まれる」ことなしに消失してしまうかもしれない運命を負っているのである。

――暴力としての言語――

貰《もら》った一万語は
ぜんぶ「さよなら」に使い果たしたい
どうかわるく思わないでくれ！
速く走るためには負担重量ハンデを捨てねばならぬ
たとえ文法の撃鉄で
おっ母さんの二人や三人殺したとしても

—ロング・グッドバイ—

だが、ことばだって所詮《しょせん》は一つのかくれ家ではないのかね？　とぼくの中の鬼がぼくに問いかける。

—地獄篇—

成《な》ろう成《な》ろうとしながら、まだ言語になっていないものだけが、ぼくを変える。
言うことは経験だが、言葉はただの軌跡！

―地獄篇―

イカルスはとんだが、ぼくはとべなかった。とぶことはただの冒険だがとぶことを想うことは思想なのだ、とぼくは自分に言いきかせて、せめてもの心を慰《なぐさ》めることにした。

―ひとりぼっちのあなたに―

言葉は体験の肉であり、皮である。

―地球をしばらく止めてくれ　ぼくはゆっくり映画を観たい―

ヨーロッパへ旅するたびに、自分宛《あて》に手紙を出すことにしている。これを友人たちは奇癖《きへき》というのだが、旅をしている私のたのしみは、帰ってから「自分宛の手紙」を読むことなのである。

そこには、時差によってへだてられた二人の私が存在しており、旅をしている私から見れば、数か月後に自分の手紙を読む男は虚構でしかないし、帰国してから手紙を開封する私から見れば、旅をして手紙を書いていた自分は、過去の遺人にすぎない。

―青蛾館―

悪口の中においては、つねに言われてる方が主役であり、言ってる方は
脇役であるという宿命がある。

―人生なればこそ―

「便りがない方が、身近に感じられていいの。
手紙は距離を感じさせるだけだわ」

―「チャイナ・ドール」―

詩人

詩人にとって、言葉は凶器になることも出来る。私は言葉をジャックナイフのようにひらめかせて、人の胸の中をぐさりと一突きするくらいは朝めし前でなければならないな、と思った。

だが、同時に言葉は薬でなければならない。さまざまの心の傷手《いたで》を癒《いや》すための薬に。

—青春の名言—

記号の中の現実へ入ってゆくのに身分証明は要《い》らない。そこでは私たちはなりたいものに自由に変身できるばかりでなく、欲しいと思うものを手に入れることもできる。

本当の詩人というものは「幻を見る人」ではなくて「幻を作る人」である。

私がイメージということばでなく記号ということばを使ったのは、イメージがまだゼリー状の形になる前の心象であるのにくらべて、記号はそれを「とらえた」という証《あか》しだからなのだ。

—戦後詩—

多くの詩人たちに好んで扱《あつか》われる素材は「そうであった自分」について、である。彼らにとって「何をしたかったか」が問題ではなく「何をしたか」が問題なのである。短歌形式がつねに自省をともなった事実信仰を前提にしていたのは「そうであった自分」の呪縛からのがれられなかったからだと言ってもいいだろう。

—黄金時代—

人は一生のうちで一度だけ、誰でも詩人になるものである。

だが、やがて「歌のわかれ」をして詩を捨てる。そして、詩を捨て損《そこ》なったものだけがとりのこされて詩人のままで年老《としお》いてゆくのである。

—青春の名言—

詩

政治は主に、人たちに何かを禁じる単位である。政治的な権力は、何々を「してはいけない」ということを私たちに要求する。それに対して、映画や演劇、詩、そうしたものの総体としての芸術は、人たちに何かを許す単位にかわりつつある。

―アメリカ地獄めぐり―

詩の起源は、言葉の起源とはまじりあうものではなくて、出会いの起源にまじりあうものである。

―暴力としての言語―

「詩」もことばだと思ってはいるが、やっぱりことばではないのではないか、と思うことがある。
詩はことばに毒されてはいるけれども、素朴に言えば、イマジネーションの世界なのである。

―ぼくは話しかける―

詩は書いた詩人が自分に役立てるために書くのであって、書くという「体験」を通して新しい世界に踏込《ふみこ》んでゆくために存在しているものなのだ。

―戦後詩―

詩は経験である。それはたとえば煙草《たばこ》をのんだり、しゃべったり、金銭登録器をがちゃがちゃ鳴らしたり、頭にこってりとチックをぬったりするのと変わるところはない。
寝ている言葉を起さないと詩は始まらないのである。

―暴力としての言語―

にんげんの最後の疎外《そがい》は自分の想像力からの疎外であり、それからの解放、自らの内臓の壁への落書《らくがき》だけが「詩の創生」につながる、もっともラジカルな闘いだということになるのである……

―暴力としての言語―

想像力が権力を奪《うば》う

これは、美しいことばである。——パリで一ばんの詩人は、カルチェ・ラタンの壁である。

—暴力としての言語—

詩は自立できない。コルトレーンのジャズも、ティンゲリーの彫刻も、ケネス・アンガーのフィルムも自立できない。芸術は自立できないのであり——自立できるのは、まさに人間だけなのである。

—暴力としての言語—

どんな詩も、閉じられた書物の中では死んでいる。

―暴力としての言語―

「書かれた詩句」以上に、「消された詩句」の方が（もし、消されずに残っていたら）人の心をうったかも知れない、と思うことがある。

ランボーは、何行消したか？　夢野久作は何人消したか？　そして、ボルヘスやカルペンティエルは何語消したか？

鉛筆《えんぴつ》で、見知らぬ人物を、「書くことによって呼び出す」ことも一つの快感だが、その呼び出された人物を、「消すことによって、追い返す」こともまた、べつの快感である。

―月蝕機関説―

唄

わたしが、モダン・ジャズを好きなのは、それが反逆的で、「スローガンのない煽動のようで、綱領《こうりょう》なき革命」のようであるからです。

—家出のすすめ—

「ごらん、この西日のさしているドラム罐《かん》だって、その貨物だって、なかには血がたぎっている。その柱のなかでは血はたったまま眠っている。みんな目ざめたら、また一つの歌をうたいはじめるしかない。いいかい、また一つの歌をうたいはじめるしかないんだ」

—「血は立ったまま眠っている」—

村境の春や錆びたる捨て車輪ふるさとまとめて花いちもんめ

―田園に死す―

「あれはふるさとまとめて花いちもんめ、　売られた女郎の唄なんです。
売られた女郎のなけなしのふるさと　ぜんぶまとめて花代がたったのい
ちもんめ、　親のない子は苦労するというたでございます」

―「ガリガリ博士の犯罪」―

つまりそういう予見的なものを孕《はら》まないわらべ唄はだめなんですね。少なくともわらべ唄というのはペストや黒死病みたいに伝染性を持ったものであることが重要であり、その辺が他の詩歌と違うところなのではないかと思うのです。

―鉛筆のドラキュラ―

人が一つの唄をうたおうと思う衝動は、いつも個人の思い出と、歴史とのあいだで揺れ動いている。

そして大人たちはみな、子供時代を失ってしまったことを後悔しながら、その「不在の子供時代」によってみたされているのである。

―日本童謡詩集―

「けだし鳥の智恵はかく語るのである。
『見よ、
上はなし、下はなし、
身を投げよ、なんじ軽快なるもの、おちこちに、前に後ろに、
うたえ、
もはや語ることをなすな！
すべての言葉は重苦しきもののために作られたるにあらずや。
すべて言葉は軽快なるものに偽《いつわ》りを告《つ》ぐるにあらずや。
うたえ、
もはや語ることをなすな！』
すべては即興化する。歴史自身のように」

――「人力飛行機ソロモン」――

歌謡曲は、わたしたちの時代のブルースである。――そして、歌謡曲のなによりの特質は「合唱できない歌」だということなのである。

―書を捨てよ、町へ出よう―

人は誰でも、自分の「物語」を作りたがる。そこで、歌謡曲は彼らのために「引用可能」な「物語」を用意して待つ。

すなわち、既製品のドラマをならべて「あなた」の叩き売りをしているのだ。

―墓場まで何マイル？―

演歌をふくめて、大衆の音楽というのは、つねに彼らの中にある故郷喪失感と、その回復願望といったものに根ざしているのかもしれない。

―密室から市街へ―

「子守唄は、無名の女たちの思想のうたです。天神山で、よその赤子の尻をつねりながら歌う子守娘のうたも、ゆりかごのわが子をいつくしみながら、うたう母親の子守唄も結局は同じもの。川より深くながれる血のうたなのです。

それはじぶんのための歌であり、決して子どものための歌ではないでしょう。しかし、女がじぶんのための歌をもって自立したときから、愛することを知るのだとも言えるのです」

―「子守唄由来」―

「女は、みんな子守唄をうたいたいとです。子守唄んきらいな女はおらん。それは、体のなかの深い流れんようなもん、運命のごっつもんです」

―「子守唄由来」―

V めざめたままで夢を見る方法

サーカス

「一ばん古い見世物は、神話の中に見出されるべきだ」と、私は言った。

「神は、見えない見世物だったのだ」

なぜ、神は姿をあらわさないのかという疑問に答えて、夢野久作は書いている。

「神様の鼻はまっかにただれているから、だから顔をお見せにならないのだ」


―鉛筆のドラキュラ―

資本主義社会は、いわば一つの壮大なサーカスだった。

――墓場まで何マイル?――

「ぼくにとって、サーカスとは一体なんだったのだろう」

「それははじめて買った腕時計の蓋《ふた》をあけたときの驚きに似ていた。いくつかの歯車の嚙《か》み合う音のカーニバル。六十進法の魔術師たちがしかけるトリックの数々。だが蓋をしめると、道化師たちは皆、姿を消してしまう」

――「田園に死す」――

空中ブランコがはじめて考案されたとき、おそらくブランコ師たちは、彼らの信頼を見世物化しようと考えたのであろう。サーカスの起源、空中ブランコの歴史から全く離れて、勝手に解釈すれば、それは天涯《てんがい》の空中でむすびあう手と手の熱情である。

片方が、手をはなせば、忽《たちま》ち死ぬ。しかし、「手をはなす」ということは、いかなる理由でもあり得ない、というのがブランコ師たちの信頼のナルシシズムともいうべき確信である。

一台のブランコから両手をパッとはなして宙にとぶのは、（体重の軽さというサーカスの物理学のせいもあって）多くの場合、女である。

そして、それをがっしりと受けとめる二本の手は、（これも腕力の強さというサーカスの物理学のせいもあって）ほとんど男である。

一切を捨ててとびこんでくる女と、それを手で受けとめてやる男、孤立無援の宙、そして二人のなりゆきを「鰯《いわし》の咽喉」を鳴らして見上げている観客という名の世間。これは、まさしく通俗メロドラマの比喩《ひゆ》であって、手垢《てあか》まみれの評釈であろう。

だが、愛する女を扉の前に立たせて、その全身のまわりに短剣を投げまくる芸と同様、空中ブランコもまた「信頼の見世物化」以外の何ものでもない。

—鉛筆のドラキュラ—

「見るという行為は、人間を部分的存在にしてしまう。
もし、世界の全体を見ようとしたら目をとじなければ駄目《だめ》だ」

――青蛾館――

アメリカの男たちは、みんなエイハブ船長なのだ。それはまぎれもない史的現実だった。彼らはエイハブのように白鯨《はくげい》を見出すことができなかったので、それにかわる何かを探しつづけてきた。
ある大統領は、ベトナム戦争を白鯨だと考える。みんな、一度はあこがれながら、手に入れることのできなかったものばかりである。
少なくとも、不可視の世界にしか白鯨など存在しないのだ。

―さかさま世界史―

幻想を嘲《わら》うものは、幻想によって復讐《ふくしゅう》される。

―地球をしばらく止めてくれ　ぼくはゆっくり映画を観たい―

空想は、行為の再現でもなければ終局でもない。まさに現実と同じように、力学をもった存在である。
そして、空想を生活のなかにたたみこんで居直るのが、実人生における「演技」というものである。

―幸福論―

「見えないことは、すばらしい……

ほら……ここに、ここに、白いむくげの花が咲いている。」

「どこに、どこに？」

「見えない花。ロルカの詩、――」

「見えない二人に」

「見えない嫉妬《しっと》！」

「見えない罪に、」

「見えない罰。」

「でも、見えないくせに存在しているものは一杯あるわ……愛とか罪とか、幸福とか……そう、無限に」


―「伯爵令嬢小鷹狩掬子の七つの大罪」―

あべこべ

肖像画に
まちがって髭《ひげ》を描《か》いてしまったので
仕方なく髭を生やすことにした
門番を雇《やと》ってしまったので
門を作ることにした
一生はすべてあべこべで
わたしのための墓穴を掘り終わったら

すこし位《くらい》早くても
死ぬつもりである

情婦ができたから情事にふけり
海水パンツを買ったから
夏が突然やってくる
子供の頃から
いつでもこうだった

だが
ときどき悲しんでいるのに悲しいことが起こらなかったり
半鐘《はんしょう》をたたいているのに

火事が起こらなかったりすることがあると　わたしはどうしたらいいか
わからなくなってしまうのだ

だから
革命について考えるときも
ズボン吊りを
あげたりさげたりしてばかりいる
のである

―わたしのイソップ―

「そいつが犯人なのだ」

「一体何の事件の？」

「それは逮捕してから調べるんだ。いまや推理は事件を追い越した。進歩ってやつだよ、きみ。犯人の方だって捕《つか》まれば必ず悪事を働くんだ。墓を作ってしまえば仕方ないから、死ぬ。消防自動車がくれば仕方ないから、放火する。

爆弾を作ってしまえば仕方がないから暴動を起すんだ。遺書ができあがってしまえば、きみ、自殺するより仕方ないじゃないか。だから、犯罪の真相をつきとめようとしたら、まず逮捕することだ。それが絶対間違いないやり方なのだよ」


——「地球空洞説」——

仮面

大きな声では言えないが、怪人二十面相と明智小五郎とは同一人物であり、月光仮面と小児誘拐魔とは同一人物なのであった。

正なる自我と悪なる分身、あるいは悪なる自我と正なる分身とは一人の人格のなかで分裂し、それを繕《つくろ》うために「変装」が必要とされていたのである。

―負け犬の栄光―

私の考えでは、ヘンシンするのは仮面をつけたときではない。人はむしろ、仮面をつけたときには安心して本当のことを言える。

だが、裸にされたら、本当のことを言ってはいられない。日常の現実の中で、裸は何のリアリティをも持っていず、裸が人前にあらわれてくるのはキャンバスの中、写真の中、スクリーンの中かステージの七色の照明の中といった虚構の世界だからである。

―花嫁化鳥―

鏡

「鏡には、墜落《ついらく》への誘惑がひそんでいる」と私は思った。

一枚の鏡をじっと見ていると、私はその底の暗黒に吸いこまれ、墜落してゆくような目まいを覚えるからである。そこで、墜落しないために、どうするか？

二枚の鏡を合わせて、そのあいだに立つのです。

すると、鏡はそこにうつっている人物を相互に無限にうつしあうので、人物はどっちの鏡の底へも墜《お》ちてゆけずに、鏡と鏡のあいだで宙吊りになる。


—鉛筆のドラキュラ—

鏡の引力（というものがあるかどうか私は知らないが）に引きつけられると、人はたちまち、自らの二重性を暴露《ばくろ》される。平素《へいそ》はぴったりと鏡の裏にはりついている自分の死顔《しにがお》が、鏡の磁力によって透視されて外在化するからである。

―月蝕機関説―

猫

猫《ねこ》……ヒゲのある女の子
猫……闇夜の宝石詐欺師
猫……謎解きしない名探偵
猫……この世でいちばん小さな月を二つ持っている
猫……青ひげ公の八人目の妻
猫……財産のない快楽主義者
猫……毛深い怠《なま》け娼婦
猫……このスパイは　よく舐《な》める

―愛さないの、愛せないの―

わたしは「文学の中の猫ベストテン」というのを選んでみることにした。

1　マザーグースの猫
2　泉鏡花の「黒猫」
3　ハインラインの「夏への扉」の猫
4　エドワード・リア卿《きょう》のナンセンス猫
5　ルイス・キャロルの「不思議の国のアリス」のチェシア猫
6　「日本霊異記《にほんりょういき》」の猫
7　ポーの「黒猫」
8　大島弓子の「綿の国星」のチビ猫
9　ボードレールの猫
10　落語「猫の災難」の猫

（なんと、この猫は実在しないという点では、プロコフィエフの「キージェ中尉」に匹敵《ひってき》するのだ）。

―時には母のない子のように―

迷路

「この世界では、まっすぐの道はすべて迷路なんだ。なぜなら、まっすぐの道は、どこまでも歩いてゆけば、必ずもとの場所に戻ってくる。何しろ、地球は球体をしているからね」

―思いださないで―

「皆さん、迷路はまがりくねっているとは限らないよ、まっすぐの迷路、今日から明日へつづく暗闇、アパートの畳の下を引っくり返してみましたか？
　その下におふくろの死体が埋めてないと、自殺爆弾がかくしてないと、後悔と侮蔑《ぶべつ》、灰と天体、殺意と引力がかくされていないと、誰がはっきり言い切れるだろうか？」

――「地球空洞説」――

変身

旅行であれ、出立であれ、行く先のある者は、幸福である。
変身は、行く先をもたないもの、目標をもたないものの、ぎりぎり追いつめられた居直りなのだ。

―さかさま世界史―

私は、人間が裸になることは、一つの変身だと思っており、それは「生まれたままの姿になる」ことでも、「ありのままの正体をさらす」ことでもなく、むしろ逆だと思っていたのである。

―花嫁化鳥―

わたしは、ほんとうの変身は、むしろ幸福な家から如何《いか》に核分裂して独立してゆくか、ということにかかっているのだと思っているのです。

―家出のすすめ―

快楽

快楽は、時としては政治的である。だが、快楽はいつの場合にでも反社会的であった。
その定義は「革命は政治的であるが、いつの場合にも反社会的であった」と言い換えることもできる。

—さかさま世界史—

サディストは相手をいじめるための工夫《くふう》を必要とし、鞭打ったり、縛ったりするために、労働を余儀《よぎ》なくされる。

サディズムは、労働の快楽であり、くたびれることである。

しかし、マゾヒストは、ただ、相手のなすにまかせて、白日夢のなかに遊んでいればいい。マゾヒズムこそは、貴族の快楽であり、まったく、〈あなたまかせ〉で、できるゲームなのだ。

—幻想図書館—

苦痛

人間の「苦痛」という奴だけは、量《はか》るわけには参りません。「苦痛」こそはまさに、絶対。

「苦痛」こそは、ありとあらゆる木に咲く花咲爺《はなさかじじい》の花の灰、ぼくのまぼろしに一摑《ひとつか》み叩きつけてやる目つぶしの一撃でございます。

—地獄篇—

「苦痛から逃れようとするから駄目《だめ》なんだ。苦痛に救いを見出すこと……それだ」

—「チャイナ・ドール」—

地獄

「さあ、地獄巡《めぐ》りだよ。こんな空っぽの世の中だ。地獄巡りのほかに何がある？」

―「涙を、獅子のたて髪に」―

川に逆らひ咲く曼珠沙華赤ければせつに地獄へ行きたし今日も

―田園に死す―

「蠟燭《ろうそく》の煤《すす》で天井に書きつけろ！
『ここが地獄だ！　ここで跳べ』」

―「奴婢訓」―

「はじめて地獄草紙を見たのは十三才の彼岸《ひがん》のときでした。継母《まはは》に手をひかれて行ったお寺の御堂《みどう》であたしは襖《ふすま》いちめんにかかれた地獄模様を見たのです。

その古ぼけた絵は、はじめてみたものだったにかかわらず、まえにも一度見たことがあるような気がしました。米町寺町仏町、心の日かげの一丁目

二丁目
三丁目
四丁目
五丁目
六丁目
生まれる前にすんでいた
町がどこかにあるはずです

だからあたしの物語には
いつも必らず、地獄が
出てくるのです」

―「まんだら」―

——お前は生きたままで地獄を見るだろうさ。お前は犬神の末裔《まつえい》だからね。

——でも、もし地獄がみえなかったら？

——そうしたら

地獄を自分で作るのだ！

—地獄篇—

いかなる時と雖《いえど》も、ぼくは「不運」と地獄とを峻別《しゅんべつ》して考えていたが、これは不運は在《あ》るものだが地獄は成《な》るものだからである……。

—地獄篇—

恐山《おそれざん》を古い郷土史誌と因習の中に閉じこめてしまおうとするのは、間違いである。

「地獄」は、年ごとにその中身をあらためられなければならないし、その罪と罰の尺度は、歴史とともに歩むものであっても構わないからである。

—さかさま世界史—

泥の中から出て来ながら、蓮《はす》は美しい花を咲かせる。

だが、その蓮の花の鮮やかな赤色を、叛逆者《はんぎゃくしゃ》の血のしぶきと見るか、生身の喩《たと》えと見るか、エロチシズムの煩悩《ぼんのう》と見るかは、私たちの自由というものでなければならない。

—さかさま世界史—

子供の頃、おばあさんが、

――そんなことをすると地獄におちますよ。

と言って、私たちのいたずらを戒《いまし》めたものだが、「上手な地獄の利用法」は、法の戒めをおそれぬこと（あるいは合法の下におかされている数えきれぬ罪）を戒めるために、地獄のおそろしさを教えてやることなのではないだろうか。


―さかさま世界史―

夢

「夢の中で、夢を見たわ。
『夢だと思っていたことが現実で、現実だと思ってたことが夢だった』
という夢なの」

――「地球空洞説」――

「目をつぶると見えて、目をあけると消えるもの――それは夢です。ドロッセルマイヤーおじさんの正体は、夢だったんです」

――「くるみ割り人形」――

「ねえ」と映子が言う。「二人で並んで、こうやって目をとじていっしょに居眠りしても……同じ夢を見れないなんて変なことね」

「ふむ」と私は微笑する。

「どうしてかしらね」

私はちょっと考えて言った。

「それは、目をあいたときにいつも同じ夢を見ているからだよ」


―悲しき口笛―


「われわれは夢の中ではあらゆることが許されている」のだ。

虚構は治外法権《ちがいほうけん》であり、孤立した個人の内部を架橋《かきょう》して、想像力による連帯を可能にする。


―死者の書―

「折角《せっかく》の夢の中へ、いつ誰が不法侵入してこないとも限らない。夢には、戸じまりが重要だ。いいかね、夢の中で財布を盗まれたって、目がさめたあとの交番は、何にもしてくれやしないんだよ」

—「地球空洞説」—

夢は現実の欠落《けつらく》を埋めあわせるためにではなく、現実の水先案内人としてあるべきだ。

—さかさま世界史—

すべては夢だ
現実だと思いこんでいたすべてのことは夢であり　夢だとしか思いよう
のなかった脱出がいまは現実なのだ

―叙事詩――李庚順―

「夢なのだ。さあ、空を見上げろ！　風見の赤い雄鶏《おんどり》がまわってるあいだは、夢なのだ。
　だが、夢でない現実などあるものか！　現実でない夢があるものか！」

―「地球空洞説」―

「『現実が夢で、夢が現実だという、からくり仕掛《じかけ》の夢』のどん底！　こうなったら仕方がない。俺はじぶんであいつの分と一人二役を演じるさ。醒《さ》めて夢の樽《たる》に足を突っこみ、眠りながら地獄を突っ走り、自分の両手でこうやって目をとじる。

眠ったぞ――さあ、眠ったからには、俺は醒《さ》めたのだ。俺は俺自身の夢の宙吊りだ。宙吊りだ。宙吊りのまま墜《お》ちて墜《お》ちて墜《お》ちてゆくのだ」

―「阿呆船」―

闇

見るために両瞼をふかく裂かむとす剃刀の刃に地平をうつし

—田園に死す—

より深く見るために、「ナイフの刃で両眼を引き裂く」。それは表層の現実が支配している世界への一つの警告だったと言ってもいいだろう。

—パフォーマンスの魔術師—

闇はつねにアナーキーである。闇は一切の綱領《こうりょう》を認めないし、一切の様式を超脱する。

闇は、等身大の世界とあからさまに対立しようとするもの、だ。

—花嫁化鳥—

闇というのは、今までは光りを引き算して作っていくものだ、つまり光の欠落《けつらく》した状態だと考えられてきたけど、そうじゃなくて、今ある光の状態に暗黒をプラスして生成するものですよ。

つまり暗闇は生産であり、余剰《よじょう》のものであるべきだ。そのなかでは言葉もふくらんでいくべきである。

—鉛筆のドラキュラ—

数

数字という奴《やつ》は過去の精算に向いている。過去は、数字と共に虚構化されて、物語になってゆくからである。

『かくして過ぎ去った歴史は、数学的法則の中にしか存在していない』

と語った革命詩人も暗殺されて、物語の主人公の一人になってしまったのである。

―青蛾館―

「引き算がさみしいのは
だんだん数が減ってゆくことだよ」

―「盲人書簡●上海篇」―

数学の答案で、「二と二ではいくつ？」という初歩的な問題が出されたとき、「荷《に》と荷《に》」で「死《し》」というのがどうしても納得がいかず、「産《さん》」と答え、「二と二で三」といって物嗤《わら》いにされたことがある。

しかし、ぼくはいまでも知っている。あらゆる事象を予言するのは数字であり、数字を算《かぞ》えるほんとうの能力をもった者だけが、もう一つの世界の案内人になれるのだと言うことを！　それは決して顕在的《けんざいてき》にではないが、まるで影のようにひっそりと世界を知る手がかりを役場の戸籍簿の中に、古い写真館の死婦人の肖像写真の中に、そして黄色睡蝶花《すいちょうか》の花弁の数字に、ぼく自身の手の皺《しわ》の幾何学《きかがく》に、潜《ひそ》めてあるものなのだ。

―地獄篇―

狂気

ひとびとは、ドン・キホーテとハムレットを二つの典型として扱《あつか》うが、二人とも「狂気を演じながら世を渡るしかない」という点では、十円銅貨の裏と表ほどにぴったりと同じものであることがわかる。

―さかさま世界史―

「阿呆《あほう》も狂気も、それ自体として捉《とら》えられたことは一度もなかった。それらを捉《とら》えている歴史上の総体――さまざまの概念、さまざまの制度、法治と治安上の処置によって作りあげられてしまったのです」

――「阿呆船」――

「思想で人を斬《き》るのは狂人だ……人が刃物をふりまわすのは……銭《ぜに》とか、名誉とか、ときには嫉妬とかいったときに限られている……あの男は自分の狂気を過信しているのだ」

――「足利尊氏」――

実際、霊界に住む人間が、現世の私たちに通信するために、映画や演劇の中の人物を媒体《ばいたい》にする、ということは「口よせ」に限らず、さまざまの実例をもっている。

そして、映画の中の、意味もない死体が、そのまま私たちの日常の現実の中の、何かの身がわりである、ということもよくある。私たちは、それをどんな風に受けとることも、拒《こば》むことも自由なのである。

―スポーツ版裏町人生―

私は、ヨーロッパにおける「狼男」というのは、喩《たとえ》的存在であることを疑わない。

それは、日本の亡霊が因果応報によって作り出された幻影であるのと同じように、ヨーロッパ人の宗教的な原罪意識の反映なのだ。

—幻想図書館—

拷問《ごうもん》は、政治や法と見かけの上だけでつながっていたが、実際には宗教の一形態としてとらえるべきだろう。

拷問する者は、神の身代りを演じていると思いこみ、犠牲者は「来るべき苦痛や死」に対して、天に感謝した。両者を媒介《ばいかい》しているのは、見えない神の存在であり、現代ではそれが法にひきつがれている。

—幻想図書館—

想像力

まだ一度も作られたことのない国家をめざす
まだ一度も想像されたことのない武器を持つ
まだ一度も話されたことのない言語で戦略する
まだ一度も記述《きじゅつ》されたことのない歴史と出会う

―ロング・グッドバイ―

どんな鳥だって
想像力より高く飛ぶことは
できないだろう

―ロング・グッドバイ―

旅は猫で、想像力はねずみです。どんなにす早くとんでも、この猫には
ねずみを追いこすことなんかできないのです。

―青女論―

目的はいつも犯罪者で、それを追いかける刑事とは想像力の喩《たとえ》なのでは
あるまいか。

―気球乗り放浪記―

想像する、ということが現実のみすぼらしさへの報復にすぎないという考え方は、現実と想像とのあいだへ「階級」を持ちこむことである。

想像力は、政治状況によって「与えられる」のではなく、むしろ与えられる政治状況に自己の主体を与え返すための武器でなければならなかったはずである。

―幸福論―

貧しい想像力の持ち主は貧しい世界の終りを持ち、豊かな想像力の持ち主は豊かな世界の終りを持つだろう。

世界はまず、人たちの想像力の中で亡《ほろ》びる。そしてそれを防ぐためには、政治的手段など何の役にも立たないのである。

―地平線のパロール―

現代では、国家権力をふくめて、あらゆる抑圧との闘《たたか》いに有効なのは、犯罪そのものではなくて犯罪的想像力である。

それは言語による犯罪空間の形成《けいせい》ということであり、歴史の表面にはあらわれない血の惨劇《さんげき》によって、私たちの「内なる法」を破るということである。

―暴力としての言語―

過去の再創造のための想像力だけが歴史の運命にかかわることができる。一切の幻影によって作詞された世界、その偶然性を組織する叙述力《じょじゅつりょく》、ドラマツルギー……それらをして雄弁《ゆうべん》たらしめよ。

―幸福論―

VI
呪術的文化論

謎

世界は、これほど謎にみちあふれているのに、探偵小説家たちが、また新しい謎を作り出そうとするのはなぜだろうか？

——鉛筆のドラキュラ——

探偵小説における「隠《かく》し」の構造は、犯人が隠して探偵が探すように見せかけているが、内実《ないじつ》は、作者が隠して読者が探すことであり作者がすべての謎の原因になるということである。

——鉛筆のドラキュラ——

少女と人形と娼婦とは、本来同じものである、と書いたことがある。それは、僕にとってほとんど内密さの無限性をもった謎であり、世界遊戯の対象であり、エロチシズムの本質にかかわる存在なのだ。もし、少女の反対語をさがすならば、それは「少年」ではなくて、「母親」だということになるだろう。

―月蝕機関説―

演劇

虚構《きょこう》はたやすく見いだされるが、真に「劇的なるもの」は見いだされ難《がた》いというのが、またこの時代の特色の一つになっている。劇はあるが、劇的なるものはない。

―青少年のための自殺学入門―

私たちはどんな場合でも、劇を半分しか作ることができない。あとの半分は観客が作るのだ。

―迷路と死海―

劇のコミュニケーションの中で〈わかる〉なんてことは、ほんの部分的なコミュニケーションにすぎない。

言語を過信した演劇は、次第に複製化してゆき、結局は台本を肉体に翻《ほん》案《あん》して見せるだけの、虚構で終わってしまうだろう。

——地平線のパロール——

「先生はいつも明智小五郎の役しか出来なかった！　だけど、あの人はちがう。あの人は二十の役をこなすことのできる名優だったんだ。二十の扉のかげにひっそりと立つ男、あの人の名は怪人二十面相だ！」

——「ガリガリ博士の犯罪」——

「死人に役者はつとまらない……あたしは莫迦《ばか》正直な男が大きらいなんだ……いい死体の役者は、百ぺん死ねる役者のことだ。
たった一度だけじゃ、演技と言えない……うその死を生きるのは、ほんとの生を死ぬことだ。ごらん！　何もかも、だまし絵だから、美しい……そう、あたしの心は、あなたの造花《ぞうか》。舞台に、ほんとのお月さまの光がさしこんできたら、風邪をひいてしまうわ。
だから、お月さまは、金紙をはったボール紙にかぎるのです」

—「青ひげ公の城」—

近代劇の観客にとって俳優は、代理の人間（stand for）である。俳優は観客に代わって、もう一つの現実を具現《ぐげん》し、観客の死を死ぬのである。

—寺山修司演劇論集—

劇場の中には、さまざまの〈出会い〉が組織される。それは俳優と役中人物との〈出会い〉、俳優と観客との〈出会い〉、観客と役中人物との〈出会い〉、観客と観客との〈出会い〉——と、限りなくあるのだが、従来の劇場の中での〈出会い〉として表出されていたのは、その中の観客と役中人物との〈出会い〉だけであった。

—地平線のパロール—

「もはや革命の演劇などをやっていても何になるか！　演劇をもって幻視への通底を、あらゆる革命の演劇化を」

—「邪宗門」—

「観客」ということばは「観《み》る」ということを主にしていて、audienceが「聴《き》く」ことを主にしているのと、対照的です。

劇場に集まってくる人たちは、「観《み》る」ことによって世界を理解しようとする人たちですが、いったい「観《み》る」ということは何でしょうか？　人がもし、見ることだけによって世界とかかわろうとしたら、それは「人目につかぬ片隅の壁穴」になることでしかなく、それは自己疎外にほかならないでしょう。

アウトサイダーは、社会問題であって、劇の問題ではない。私は、劇場で数千の目に見張られたいのではなく、数千の人と「出会い」たいのです。なぜなら、私自身が関係的存在にほかならず、その関係を組織しているのが、演劇的な想像力だからです。

—迷路と死海—

劇の中の不幸は劇の中で救済しなければならない。
その葛藤《かっとう》を劇の外に求めようとして、政治的な「参加」を要請《ようせい》することが、とりも直さず劇自体への「不参加」としてはね返ってくるならば、それは虚構の破産以外の何者でもないからである。

—ヨーロッパ零年—

経験をそれ自体として演劇化せずに、知識のなかで現実に引用可能の解決へもってゆこうとすることは、とても政治的なような気がする。それはコミュニストの発想ではあっても、ならず者の発想じゃない。
だが、演劇ってのは政治のための番犬じゃなく政治以外の方法による解放を目ざしている。

—ヨーロッパ零年—

劇場

劇場があって劇が演じられるのではない。劇が演じられると、劇場になるのである。

―臓器交換序説―

劇場とは、施設や建物のことではなく、劇的出会いが生成されるための「場」のイデオロギーのことである。

どんな場所でも劇場になることができるし、どんな劇場でも劇が生成されない限りは、日常的な風景の一部にすぎなくなる。

―迷路と死海―

幕があがり、幕がおりる。生死も投企《とうき》も、すべて幕のかなたの出来事であり、観客はそれを「複製」して日常的現実に持ち帰ってゆくという発想は、劇場の中に坐《すわ》っている数時間を、人生そのものとしてではなく、人生の予備の時としてしか見ていないということになるのだ。
だが、劇は代理現実ではなくて現実そのものであり、観客はそれを観察するのではなく体験するのである。

——地下想像力——

「……劇場……俳優志願の若い人の死場所《しにばしょ》……でも、ここがほんとの青ひげ公の城なんだわ。ほら、きこえてくる……またひとり、殺されるために厚化粧《あつげしょう》した、かわいそうな女の、うめき声が……」

——「青ひげ公の城」——

「……だれも、月の世界なんかへ行かなかった……でも、「月よりも、もっと遠い場所」に行ってしまった……月よりも、もっと遠い場所……それは、劇場！」

―「青ひげ公の城」―

「劇場」もまた、従来の「演劇の牢獄《ろうごく》」であることをやめて、野外にその市民権をゆずり渡すべきであり、新しい演劇はこうした劇場という場の不条理性との対決からはじめられなければならぬ。

―地下想像力―

私たちは劇における出会いを拡大してゆくために、「都市としての劇場」を出て「劇場としての都市」に向かうことを考えた。
建物の中にもう一つの建物を建て、人物の中にもう一人の人物を棲《す》みこませる〈やどかり〉の劇とその二重性が、劇をシンボル化し、擬《ぎ》似《じ》現実、複製現実化してしまったが、そこからもう一度、現実を奪還《だっかん》したいという願望があったからである。

―地平線のパロール―

街は、いますぐ劇場になりたがっている。
さあ、台本を捨てよ、街へ出よう。

―臓器交換序説―

書物

あらゆる書物はあらかじめ書かれてしまっていた——と、盲目《もうもく》の作家ルイス・ホルヘ・ボルヘスは言った。なるほど、そうかも知れない。作者の仕事などは、しょせん、「書かれてしまった書物」から、自分のために残しておきたい部分を選び、あとは消しゴムで消し去ってゆく作業でしかないのかも知れないのである。

—悲しき口笛—

書物は、価値そのものでなく価値の代替《だいたい》物であるという点で、貨幣に似ている。

—青蛾館—

書物……一万語を軟禁《なんきん》してある紙の城。
書物……重さ百グラムの愚者の船。
書物……押し花の犯罪。
書物……声を出さない雄弁機械。
書物……瞑想《めいそう》の紙製飛行機。

―ひとりぼっちのあなたに―

人は誰も、走りながら読書することはできないし、泳ぎながら次のページを繰《く》ることはできない。
現在の時間を停止させる行為の中で、一瞬の永遠を手に入れるのだ。

―時代のキーワード―

読書は、書斎での行動を、実人生の行動と同じオモリで考えることのできる反体験主義者のユートピアであり、獄中や病床《びょうしょう》でこそ有効なのだ。

―新・書を捨てよ、町へ出よう―

一口に「書物」というが、それは「物件」ではなく「事件」である。歴史を、歴史たらしめている重大な欺瞞《ぎまん》は、そのまま書物を書物たらしめている重大な欺瞞に通じるものであり、その欺瞞の構造をあばくことなしに、読書を語ることはできないだろう。

―パフォーマンスの魔術師―

肉声には、暴力のおもむきがあり書物のことばには権力の匂いがするのは、肉声が往復可能であるのに比して、書物が片道伝達しかはたさないからなのかも知れない。

—幸福論—

書くことは速度でしかなかった
追い抜かれたものだけが紙の上に存在した
読むことは悔誤《かいご》でしかなかった
王国はまだまだ遠いのだ

—ロング・グッドバイ—

私たちは、書物をまえに孤立し、意味を分有し、内面化し、代理現実（記述された現実）とかかわることによって、身体的現実から遠ざかってゆくことになってしまう、ということをしばしば忘れている。

―パフォーマンスの魔術師―

目と書物とは、二十センチ位《くらい》の距離を保っているとコミュニケーションが成り立つが、それ以上近づくとぼやけてしまうし、それ以上遠ざかると、読めなくなってしまう。

ロートレアモンの詩もマルクスの論文も、わずか二十センチの距離を保つことによって存在してきたものにすぎないのだ。

―青蛾館―

「人間は血の詰まったただの袋にすぎない」とフランツ・カフカは言ったが、こうした認識《にんしき》に従《したが》えば、書物なども、印刷されたただの紙にすぎないし、叙事詩なども、たかが配列か、音声学的な「声」にすぎないのである。

それらに意味を与えてゆく思想というものは、きわめて時間的なものであり、たとえば草の上に開いてある書物に、雲の翳《かげ》がゆっくりと過ぎてゆくようなものである。

—ぼくが戦場に行くとき—

書物のなかに海がある
心はいつも航海をゆるされる

—愛さないの、愛せないの—

つまらない書物というのはないが、つまらない読書というのはある。どんな書物でも、それを経験から知識にしてゆくのは読者の仕事であって、書物のせいなどではないからである。

―世界の果てまで連れてって―

少なくとも、薪《まき》を背負って本を読むよりは、薪を下ろして本を読む方が頭に入ります。それに、読書は人生のたのしみであって、義務ではない。山道を歩くときには、本ではなくて山道を〝読む〟べきです。

―さかさま世界史―

たとえば書物とは「印刷物」ばかりを意味するものではなかった。街自体が、開かれた大書物であり、そこには書きこむべき余白が無限に存在していたのだ。

かつて、私は「書を捨てよ、町へ出よう」と書いたが、それは「印刷物を捨てよ、そして町という名の、べつの書物を読みに出よう」と書き改《あらた》められなければならないだろう。

―世界の果てまで連れてって―

短歌

短歌というのは、ある種の類感呪術《るいかんじゅじゅつ》というか、こっちで一人の男の腹を五寸釘《ごすんくぎ》でどんと打つと、向こうの三人くらいの男がばたんと倒れる、ふしぎに呪術的な共同性があって、……怪異なものだという感じがしますね。

―墓場まで何マイル?―

連歌では、一人の一句が終わってべつの一人の一句がはじまる前の一瞬の大暗黒《だいあんこく》が主題になる。

誰もが、その大暗黒を見まいとして、前句者の一行の意味を共有し、共同の幻想のなかに浸《ひた》っているような錯覚にまみれるからである。

それは、きわめてエロチックな眺《なが》めである。数人で、同じ夢を見るということのなまぐさい官能性は、たちまち連歌の座を〈法悦《ほうえつ》〉の場にたたきこみ、詩は夢の長さ分だけ持続して、あとには魂のもぬけの殻《から》、形骸《けいがい》としての文字だけを残すのである。

―暴力としての言語―

芸術

「空は飛ぶためにあるんじゃないよ。
空は読むためにあるのだ。
空は知るためにあるのだ。
空は一冊の本だ」

―「飛びたい」―

「二度目」などというのは、どこにも存在しない、というのが私の言い分だが、それは言い換《か》えれば、演劇をふくむあらゆる表現は、何事をも「複製」しない、ということである。

―時代のキーワード―

美術館は巨大な遺失物収容所である。世界はあらかじめ人々によって記憶されつくしてしまっている。だから、「何を忘れるか」だけが問われることになるのである。忘れられ、取り残されたものだけが、形態を獲得する。そして、展示され、美術と名付けられることになるのである。

―寺山修司の仮面画報―

美術館の「内」と「外」が、その建物によって画別されたのは、近代までのことだ。いまでは、一人の鑑賞者にとって美術館とは、背後の景観、その歴史、鑑賞者自身の日常的な現実などの緊張関係によって、その「内」と「外」とのせめぎあいを繰り返す。

美術館は、アプリオリに存在しているのではなく、時に応じて成り立つものである。それは、しばしば「在《あ》る」ものではなく、鑑賞者の体験によって「成《な》らしめられる」無名の形態なのだ。

―パフォーマンスの魔術師―

映画

映画はでき上がったときから回想されるという形式であり、歴史と同じように、二度目に現われてくるときは、受けとり手の想像力の中でしか生きられないものである。

―気球乗り放浪記―

「フェリーニだって、ポランスキーだって、電灯がつけば消えてしまう世界じゃないか！　映画は暗闇の中でしか生きられないのだ」

―気球乗り放浪記―

映画館の暗闇というやつは、ときには数億光年の遠さを感じさせる。

―あゝ、荒野―

「私は、映画の中のハンフリー・ボガートは映画の外のハンフリー・ボガートの代理人だと思いこんでいたが、実はあべこべだったんだ……いいですか？　ハンフリー・ボガート殺人事件の犯人は、映画の中の本人だったんですよ。

彼は彼自身の代理人として、実にうまく立振《たちふ》るまい、しかもちゃんと生きのびていた。

彼はどこにでもいながら『さわれない人間』なんだ。

畜生！　映画の中とは、またとないかくれがを見つけ出したもんだ……」

―「さらば、映画よ」―

「ジーン・ハーロウの映画、観《み》たことある？　ジーン・ハーロウはとてもいい女でしたよ。
百万人に愛されて、映画の中でも何度も死んだ、そう、何度も死んだ。
おまけに映画の外までも酔っぱらって、
自動車事故で死にました。
死に方はぜんぶまちまちで、それぞれべつの名前がついていた
――すてきね、何度も死ねる人は、
何度も生きられるんですものね」

―「毛皮のマリー」―

スターというのはファンの代理人である。ファンの「かわりに愛し」「かわりに唄い」そして「かわりに泣く」のである。

—新・書を捨てよ、町へ出よう—

「俳優がほんとに死んじゃっちゃいけないよなあ。俳優は映画の中で死ぬべきですよ。ストーリーの中で死ねばいいんだ。そしてまたべつの映画の中で生きかえる」

—「さらば、映画よ」—

スクリーンは、並んで坐《すわ》った者同士が「同じ夢を見る」ための限られたスペースであり、映画は夢の入口に誘う眠りのようなものである。

—地平線のパロール—

「ぼくはね、母さん。いま映画の中にいるんだ。他人の夢の中で撃《う》たれて、うっとりと死んでいるんだ」

――「壁抜け男」――

「映画のスクリーンのなかで生まれて、映画のスクリーンのなかで死ぬはずだったあたしが、こうやって外へ出てしまったら、もう行くあてもない、帰るところもない。

そう、あたしの帰るところは映画のなかの貧しいわが家しかなかったんだ……」

――「千一夜物語　新宿版」――

「世界という名の映画
雨、雨、雨が降る
プールにうかんでいるのは
あたしの死体
《行き過ぎよ、　影》」

—「壁抜け男」—

ラジオ

ラジオは「腹話術師」の人形として、背後の腹話術師の声を中継する。腹話術師は、呪術師がそうであるように「影がない」と信じられている。

ラジオの呪術性は、さまざまの社会的事実の体系とは明確に区別された「もう一つの体系」を生成できることにかかっている。そこでは、あきらかに倒錯《とうさく》した遠近法が装備されている。

ラジオは、つねに孤立と対応し、予測不能、不安といったものを解消するための、想像力による内部拡散《ないぶかくさん》をくりかえし、そのエネルギーを組織化してゆく。耳なし芳一たちにとって「小さな箱」は、霊界へ通じる入口であり「潜在意識の共鳴室」である。

―鉛筆のドラキュラ―

ラジオこそ、集団妄想《しゅうだんもうそう》とデマゴーグの氾濫《はんらん》によって、日常的な現実原則を虚構に変えてしまう呪術機械であり、盲目になることを選んだもののための錬夢《れんむ》装置である。

—鉛筆のドラキュラ—

反時代

反時代的なものは、どこか喜劇的だ。そして、喜劇的なものほど、悲しくなってくる。

――墓場まで何マイル？――

笑いは客観的で、残酷で、そして死と裏腹をなしている。

――幻想図書館――

僕は、思想的立場からすれば「デブ」が好きです。今日のように、痩《や》せ細った肉体の持主たちの支配する知的文明というものが、人間をしだいに主知的にし、理性的にして、肉体の素晴《すば》らしさから遠ざけてゆくものだと思っているのです。

―負け犬の栄光―

現代のようにすべてがことば（とりわけ母音的な）によって了解されてゆくのでは、一メートル七十をこえる大きな肉体は、ただの「ことばのいれもの」、大型肉製ヒューマン・バッグということになってしまうだろう。

―地平線のパロール―

悲劇

誰かに何かが足りない、というのでは悲劇は描けないのであって、真に劇的なる葛藤《かっとう》は、すべての充足したときにも起こり得る不条理的な現実の上に成り立っているのである。

―地球をしばらく止めてくれ　ぼくはゆっくり映画を観たい―

ニーチェの啓示のなかで、私がもっとも心うたれたのは「悲劇の死」ということであった。
その見事な指摘《してき》は、七十年たったあとの現代をも、燈台《とうだい》の光のように照《て》らしつづけている。

「ギリシャ悲劇は、一つの解《と》きがたき葛藤の結果、自殺して果てたのであった。つまりギリシャ悲劇は悲劇的に死んだ。ところが他の文化類はすべて高齢に達して美《うる》わしく静かに息を引き取った。すばらしい子孫を残し、痙攣《けいれん》することもなくこの世に別れを告げるということが幸福な自然状態にふさわしいのだとすれば、かの古代の文化類の最期《さいご》はそのような幸福な自然状態を示《しめ》しているといえよう。」(『悲劇の誕生』)

—さかさま世界史—

ソクラテスの存在も、プラトンの頭の中の虚構が半分、という推理が成《なり》立《た》つ。だれだって、自分の愛人の伝記を書くときには「あるがままの彼」ではなく、「そうあってほしかった彼」を書くものだからである。

—さかさま世界史—

「『航空技術の基礎としての鳥の飛行』という書物を書いたリリエンタールが、たった十五メートルの空の高さから墜《お》ちて死んだのは鳥ばかり見ていて空を見なかったからだ。

飛ぼうとするものは、何よりも空を見抜かねばならぬ」

——「人力飛行機ソロモン」——

「壁がないと、穴をあける愉《たの》しみもない。覗《のぞ》く愉《たの》しみも、腹が立ったとき、握りこぶしでストレートを一発、バシーン！　とやる愉《たの》しみもない。大体、落書《らくがき》をどこにしろって言うんです？　カップをあてて盗み聞きをする愉《たの》しみも、隣の二人が何をやってるかを空想する愉《たの》しみもないじゃありませんか」

——「壁抜け男」——

娼婦

「いかにもあたしはマリーだよ。なつかしい毛皮のマリーだよ。便所という便所、映画館、公園、自衛隊の宿舎から船《ふな》乗《の》りの、船《ふな》ホテル。おかまならば誰でも一度は落書《らくがき》したことのあるなつかしい名前の――マリーさんだよ。そのマリーさんが、おまえに命令してるんだ、さあ、出ておいき！　淫売《いんばい》！」

――「毛皮のマリー」――

私の選んだ娼婦のベストテン

1 ジョルジュ・バタイユの『マダム・エドワルダ』
2 映画『望郷』のギャビー
3 ポーリーヌ・レアージュ『O嬢の物語』のO嬢
4 ジャン・ジュネの『バルコン』の娼婦諸嬢
5 久生十蘭『母子像』の母
6 映画『8 1／2』のサラギーナ
7 芥川龍之介の『南京の基督《キリスト》』の少女娼婦宋金花
8 映画『あなただけ今晩は』のイルマ
9 映画『日曜はダメよ』の港の娼婦
10 田村泰次郎『肉体の門』のボルネオ・マヤ、関東小政など諸嬢
（そして、次点は三沢ベースキャンプのオンリー、セツ子さん）

―幻想図書館―

美

美しいものは殺さなきゃいけないいんだ。
どんなものだって、一生のうちで一度は美しくなる。そのかたちを、そのままでとどめなきゃあ。

―はだしの恋唄―

美しいものはすべて錯覚なのだ。
美しさのまえで人は自分を偽《いつわ》らざるを得なくなり、いつのまにか自分が自分でない自分になってしまう。

―はだしの恋唄―

美というものはしばしば社会生活の上で障害になる。美はあくまでも個人的なものであり、人は美だけでは生きられないからである。

―ボケットに名言を―

私は、いま何か新しい創造をはじめようとする同時代の若者たちにとって、最大の敵は今日の名作であると思っている。――すでに完成した形式に自分をあてはめて、複製品になろうとしている人たちなどは、考古学的な興味をひくにしか値《あたい》しない。

―気球乗り放浪記―

VII

身捨つるほどの祖国はありや

歴史

私は歴史は一冊の書物にすぎない――という説にくみする。過去は、ストーリーであり、未来だけがエクスペリエンスであり得る。――あらゆる歴史は、過去であり、思い出である。

―幸福論―

「歴史は嘘、去ってゆくものはみんな嘘、そしてあした来る、鬼だけがほんと！」

―「毛皮のマリー」―

しかし、実際に起こらなかったことも歴史のうちであり、〈過去〉だけでは真実を解きあかすことができない。

——地球をしばらく止めてくれ　ぼくはゆっくり映画を観たい——

歴史には、何の目的も使命もない、というのが、私の少年時代からの一つの精神の綱領《こうりょう》となっていた。

それは「流れる雲の赴《おもむ》く彼方《かなた》」に、雲のユートピアが存在しない、というほどの意味であり、歴史にメシアニズムなどを求めてはならないのだ、という私自身の戒律でもあった。

——幸福論——

反抗的人間として、歴史とかかわりあおうというときには、つねに愚連隊は一匹狼の群れでなければいけない。

―家出のすすめ―

現実原則ばかり信じていると、生き甲斐《がい》がなになのかわからなくなってしまうし、かといって空想原則、抒情詩《じょじょうし》のマイホームで充足していると、歴史にしっぺ返しを食わされることになってしまうだろう。

―ぼくが戦場に行くとき―

歴史をかえてゆくのは革命的実践者たちの側ではなく、むしろくやしさに唇をかんでいる行為者たちの側にある。

―黄金時代―

私たちはつねに生死一致の瞬間を夢見、「いかに生くべきか」という問いかけと「いかに死ぬべきか」という問いかけとのあいだを、歴史が引きはなしてしまわぬことを望んでいる。

―幸福論―

私は歴史はきらいで、思い出が好きであるが、それはどっちも、「過ぎ去った時代的苦痛」にすぎないならば、日付ではなく事物に執着《しゅうちゃく》したいと思うからである。

半熟の情勢論は、エンストの「地動説」に等しい。それならばむしろ「人動説」の独房にとじこもって思想を走らしめよう。

神話時代の翼も、モーターをつけた乗合《のりあい》馬車も、ロンジェモーも駅馬車もすべてが全速力で走りぬけて行ったもう一つの歴史、「自分の国に属することの困難さ」と「自分の肉体に属することの困難さ」のあいだの股旅《またたび》街道《かいどう》を。おさらば。

—ヨーロッパ零年—

歴史なんて所詮《しょせん》は作詞化された世界にすぎないのだ！　恨《うら》んでも恨《うら》んでも恨《うら》みたりないのだよ、祖国ということばよ！

「大事件は二度あらわれる」とマルクスは言った。一度目は悲劇として、二度目は喜劇としてだ！

だが真相はこうだ！　一度目は事件として、二度目は言語として、だ！

ブリュメールの十八日は言語だ！　連合赤軍も言語だ！　そして俺自身の死だって言語化されてしまうのを拒《こば》むことが出来ないのだよ！　ああ、喜劇！

―ロング・グッドバイ―

戦争

地上は限りない戦いのために見えない血であふれています。

―家出のすすめ―

私は、あらゆる戦争を認めないが、それは決して平和が好きだからではない。

―みんなを怒らせろ―

戦争は知性の産物である。
ヒロシマに投下《とうか》した原子爆弾を発明したのは、それがたとえ、どんなに悪魔的であったとしても、まぎれもなく知性にほかならなかった。そして、狂気はそれがヒロシマに投下されたあとで追いついたのだ。

―時代のキーワード―

戦争について考える場合に、もっとも重要なのは「情念」の問題である。現代のように、科学兵器の進歩が前のめりになっていっても、戦争をする当事者は「国家」や「政府」ではなくて「兵隊」なのだ。

―みんなを怒らせろ―

戦争の本質は、実は少年たちの「戦争ごっこ」の中に根ざしている。十歳や十五歳の少年が、戦争ファンであるあいだ戦争はなくならない。少年たちが成長するように、彼らの「戦争」もまた成長してゆくのだから。

―さかさま世界史―

ソレルスの「暴力論」ではないが、反戦とは「反戦についてシンポジウムをする」ことなどではなく、自らの手で戦争の息の根を止めるための「具象的行為」をなすべきである。

―新・書を捨てよ、町へ出よう―

現代は正義と不正とがはっきり別れて互いに対決しているということはない。いかなる戦争の条件にしても、その最前線に於ては一つの正義と、もう一つの正義との、つまり正義同士のぶつかり合いの不条理によって支配されている。

――地球をしばらく止めてくれ　ぼくはゆっくり映画を観たい――

「殺しも芸のうちだからな。近頃の戦争のように、死人を量産すると、どうしても一つ一つの死が粗雑《そざつ》になっていけない。世の中がいくら合理化しても、せめてひと殺し位《くらい》は昔ながらの、手仕事のよさを残しておきたいもんだと思うねえ」

――「ガリガリ博士の犯罪」――

ミサイルという記号の一般化は、あきらかにミサイルそのものに先行している。

ここでは、本質が存在を先取りし、ミサイルではなく「ミサイル的」な概念が、知れわたってしまっているからである。

私たちは、次第に核弾頭をつけたミサイルのリアリティとは別に、ミサイルということばに慣れる。ミサイルは日常語の中で風化され、その恐怖感を磨滅《まめつ》させてゆく。

――時代のキーワード――

戦争の目的は、ひとを殺すこと、爆弾を破裂させること、敵を撃滅させることであり、そのたのしみを共有するものたち自身の手でなされるべきゲームでなければならない。

それなのに、現代にあって戦争は政治利益の手段として、使命と役割を与えられ、貧困と飢餓《きが》にあって、戦いたくないものまで戦わさせられている。だが、ゲームの本質は、やめたいものは何時《いつ》でもやめる自由を持つことであり、義務づけられるものではないはずだ。

―さかさま世界史―

一言で言えば、毛沢東《もうたくとう》は「持久の人」である。彼のねばりは、革命にとって不可欠のものである。私は、『毛沢東語録』には退屈するが、『持久戦論』には詩を見出す。

「政治は血を流さない戦争であり、戦争は血を流す政治である」「革命戦争は一種の抗毒素である」(『持久戦論』)

―さかさま世界史―

国家

「なぜ、国家には旗がありながら、ぼく自身には旗がないのだろうか。国家には『君が代』がありながら、ぼく自身には主題歌がないのだろうか」

――「人力飛行機ソロモン」――

私はどのようなイデオロギー下にあっても、国家なんてものを好きになることはできないよ。

――地平線のパロール――

愛国心というのは、他国をにくむという心である、わが家を愛し、わが母をいつくしむという心は、わが家以外の家を愛さないという心であり、わが母以外を愛さないという心である。

―さかさま世界史―

社会主義国家が私の発見、私の芸術的行為にとって不適当な「場」だということは資本主義の独占体制にとってもまた同断である。

一つのイデオロギーが成熟しきって国家全体を統一したときこそ人間の堕落が始まるにちがいないし、芸術家の使命であるべき拒否《ノン》の対象を見失いがちになるにちがいない。

―墓場まで何マイル?―

もし、誰かが私に、

「祖国か友情か、どっちかを裏切らなければいけないとしたら、どっちを裏切るか？」

と質問したら、私はためらわずに、

「祖国を裏切る」と答えるだろう。

一国の革命は、百国の友情を犠牲にしてきずかれるものではないのだから。


―さかさま世界史―

マッチ擦るつかのま海に霧ふかし身捨つるほどの祖国はありや

―空には本―

「中学生の頃、公園でトカゲの子を拾ってきたことがあった」
「コカコーラの瓶に入れて育てていたら、だんだん大きくなって出られなくなっちまった。コカコーラの瓶の中のトカゲ、おまえにゃ、瓶を割って出てくる力なんかあるまい、そうだろう? 日本海峡にしぶく屈辱の繰り返し、身を捨てるに値《あたい》するだろうか、祖国よ」

——「書を捨てよ町へ出よう」——

政治

「政治は理屈じゃないよ。政治はアジア問題でも、唯物論《ゆいぶつろん》でもない。政治はほら、あの、ガンガンと頭の痛くなるような道路工事だのタクシーの値段なんだよ」

—あゝ、荒野—

もっともおそろしい「だまし絵」は、大衆そのものをグラスファイバーの人体に変えてしまう独善的な政治そのものの中に見出される。

俳優も、代議制政治の代議士たちも、ともに誰かの身代わりである限り、誰かをだましつづける「だまし絵」（TROMPE L'OEIL）のヴァリエーションにほかならないのであり、世にも不思議な、もう一つの美術であることに、変わりはないのだから……。

―不思議図書館―

ヒットラーは、三度目の死を死ぬべきである。

もし、彼の実現した世界が、現実ではなくて、映画俳優たちによって演じられたスクリーンの中の物語、あるいはリンツの劇場の歌劇であったとしたら（彼自身はそれでも充分満足したに違いないが）――悪の巨匠として、別の評価をうけていたかも知れない。
空想を、現実の中で具現しようとすることは、いかなる時代においても、犯罪的であると、私は考える。

―さかさま世界史―

ネロの一生はどこかヒットラーの一生を思わせる。彼らはオペラハウスでやることを国家の歴史の上で演《や》ってしまったという「場ちがい」をしただけのことだからである。
間違いは彼らが権力者だったことにあるのではなく、だれかが権力をもちすぎたことにある。

―さかさま世界史―

かつての時代にあっては、「自分にかわるべき」戦士は代議士であった。しかし、政治というジャンルは決して彼らの内部生活を救済してはくれなかった。

それどころか政治は空しく彼らを裏切り、同時代人たちはスチュアート・ホルロイドではないが「政治を通さずに社会を変える」べき、べつの代理人を探さなければならなくなったのである。

—みんなを怒らせろ—

芸術的な権力というものが、もし存在するならばそれは政治的抑圧から、人たちを解放し、自由にしようとする営為《えいい》のなかにある。

—地球をしばらく止めてくれ　ぼくはゆっくり映画を観たい—

「理想をもった政治ほど、有害なのだ」

――「無頼漢」――

「理想と言った……だが、わたしがわたしとして生き、わたしとして死ぬことにまさる理想があるものだろうか？

それとも、政治の理想は、所詮《しょせん》は『いかに死ぬべきか』にいたる道にすぎないのか？」

――「楠木正成」――

「政治と言うものは、滅私《めっし》への道を見出すことだ。

裏切りと言うことばが、刃物のようにひらめくのは、男と女とのあいだだけのことなのだ」

――「足利尊氏」――

革命

ぼくは政治主義がきらいで、革命が好きである。

―死者の書―

政治的な革命というのは部分的な革命にすぎない。全人的な意味での革命とは、本当に自分が望んでいることがなにかを知ることから始めなければならない。

―言葉が眠るとき、かの世界が目ざめる―

「空想から科学へ」とわり切ってしまった労働者諸君！　このキャッチフレーズは、いつでも「科学から空想へ」というコースと往復切符になっているのだということをわきまえてかからないと、とても百万人の革命などを煽動《せんどう》することはできません。
もっとお化《ば》けを！　もっとお化《ば》けを！

——さかさま世界史——

すべての人間は、俳優である。そして、彼らに機会を与えてやることだけが「演出家の仕事」なのである。
革命の達成に要るのは、偉大なイデオロギーではない、現実的な「演出家」である。

——墓場まで何マイル？——

正義

「正義」の最大の敵は「悪」ではなくて「べつの正義」なのだ、というのが確信犯という犯罪の倫理である。

―幸福論―

私たちは「正義」が政治用語であると知るまで、長い時間と大きな犠牲を払わねばならなかった。

――正義と悪とは、つねに相対的な関係であり、同じ行為が正義として扱《あつか》われたり、悪として取沙汰《とりざた》されるのは、その行為をとりかこむ状況、政治の問題だったからである。

―死者の書―

犯罪というのは、いつでも国家の中での反国家的行為が冠《かん》されることばだ。

同じ殺人でも国家の名においてなされるものは、犯罪とは呼ばれない。死刑だって、戦場における殺人だってそうだ——それは、しばしば《正義》と名づけられることはあるが、決して犯罪とは呼ばれない。

だが、国家の権威主義下の秩序を破って行われる殺人は、すべて犯罪だ。

—地平線のパロール—

現代

現代の機械は、たいてい〈他殺機〉である。

―青少年のための自殺学入門―

社会には「第三者」などというものは存在しないのだ。それにもかかわらず、自分の顔見知りでない人間を「第三者」だと思いこむことは、想像力の欠如《けつじょ》である。

そして、「第三者」を生みだす負の想像力こそ、現代の政治と犯罪の残忍さの母胎《ぼたい》となるものだ。

―時代のキーワード―

罰する者は、つねに、自分は神の代理人だと思いこんでいるのである。

―幻想図書館―

可視の現実、日常的な現実としてわれわれが把《とら》えているものが、実は「見える闇」に過ぎないのだということを忘れることはできない。

―臓器交換序説―

現代では、虚構と現実が二元的に対立している訳ではありません。両者は、わかちがたく結びついているのです。

―幻想図書館―

学校

教育は与えるものではなく、受けとるものである、と思えば、人生いたるところに学校ありで、ゲームセンターにも競馬場にも、映画のスクリーンの中にも、歌謡曲の一節にも、教育者はいるのである。

―世界の果てまで連れてって―

今日の大学が、近代劇のための劇場に換喩《かんゆ》されるならば、さしずめ「教授」は「俳優」である。

―時代のキーワード―

知識の複製が、いつのまにか講義の複製にとってかわり、学生たちは一日中、教室に坐《すわ》っているだけになる。

彼らは、大学における「主役」だったはずなのに、いつから「立会いを許された」傍聴人になってしまったのだろう。

―時代のキーワード―

私にとって大学の理想は、三人、五人、十人といった「私塾」的なものである。

パルチザン的な、人間的なつきあいが最小限に守られるようなはとバス的大学、走る大学、そして学生自身が自分の欲求で国家的使命を越えられる解放された大学――

―ぼくは話しかける―

現代の大学教育は、結局のところ活字教育であり、書物を「読んでくれる」だけの有料収容所である。

――ぼくは話しかける――

大学は死ぬべきだ、と思う。
そして真に「大学的なるもの」こそ息をふきかえすべきである。

――ぼくが戦場に行くとき――

先生と生徒の関係というのは、有識と無識という階級関係によっては成り立たない。

「知らないから教えてやるのだ」とか「できてないから人間を作ってやるのだ」という教育の姿勢は、いつかはブラックボード・ジャングルと呼ばれる「暴力教室」の氾濫《はんらん》を招《まね》くことになるだけである。

—地球をしばらく止めてくれ　ぼくはゆっくり映画を観たい—

「しかし、教育というのは半《なか》ばお節介《せっかい》の仕事ではありませんか？　自分の子さえいい環境に引越しさせれば、他の子は構わないというのでは、教育の本質から外《はず》れていると言わざるをえません」

—さかさま世界史—

「ふつうの学校じゃ、いいことしなさい、って教えるだろ？　あれはこういうことなんだよ。『おまえは、ウソばっかりついているから、せめてすること位《くらい》は、ほんとのことをなさい』

ところが刑務所であたしが教わったのは、あべこべだった……『おまえはいつもホントのことばっかり言ってるから、せめてすること位《くらい》はつくりものになさい』」

—「毛皮のマリー」—

道徳

文明社会における不道徳というのは、たった一つ、「他人を不幸にする」ということだけです。

―青女論―

「一つのことを信じることは、べつのことを裏切るということだ。信じるというのは、残酷なことなのだ」

―「水葬記」―

「卑怯者《ひきょうもの》ってのはね、きみが何をしたか、ってことで決まるんじゃなくて、きみが何を後悔してるかってことで決まるんだよ」

——「血は立ったまま眠っている」——

大体《だいたい》、モラル（道徳）というのは未開社会で、ある上層階級が経済の上で優位に立って、権力を持ちはじめたときに、規律として「おしつけた」のがはじまりだったが、私たちに必要なのは規律ではなく、自律なのである。

——ぼくが狼だった頃——

私は、政治的「差別」がおおむね悪であることを（政治という形態が、悪の論理を内包せずには成立せぬという不条理をふくめて）否定されるべきであるということに異は唱えないが、それが「差別」であるから悪なのではなく、政治的利害が生み出した観念が差別に先行しているから悪なのだと思っている。

―死者の書―

差別はそれ自体としては科学の領域《りょういき》に属《ぞく》し、共同体が必然的に内包《ないほう》する現象と考えても差支えないだろう。

問題は、むしろその差別につきまとう幻想と、それが生み出す集団的な虚構性の裡《うち》にある。差別によって正邪《せいじゃ》、美醜《びしゅう》を生み出している相互的な関係が、被害者に抑圧を加えているのである。

―死者の書―

土着と近代化とは、必ずしも対立する概念ではない。
土着は、一口に言えば血族の確認であり、親戚をふやしてゆくという思想であり、近代化は混血を進めてゆくことによって、親戚を否定してゆくという思想にほかならない。

―地球をしばらく止めてくれ　ぼくはゆっくり映画を観たい―

人間は土着するが、決して「近代化」などすることはない。近代化するのは、人間ではなくて環境だからである。

―地球をしばらく止めてくれ　ぼくはゆっくり映画を観たい―

私たちは「近代」化を受け入れるにあたって、合理主義へ一つの留保をさしはさんだ。

それは、一口にいえば近代化への反逆《はんぎゃく》とでもいったもので、無駄の哲学といったものである。

―ぼくが戦場に行くとき―

世間

「ぼくはどこへも行けなかった……あの忌《い》まわしい家族たちから逃がれてわが家の他人になるための放浪に出るには何かが欠けていた、そう、肉親への憎しみが、欠けていたのだ。
だが、家族たちさえも憎めないようなぼくに
どうして他人を恨《うら》むことができよう
まして愛することなんか……
愛したり恨んだりするには他人が必要だ……だが、ぼくはまだ他人らしい他人に逢《あ》ったことがない……」

—「アダムとイヴ・私の犯罪学」—

「人は誰でも他人の黒衣。操《あやつ》ってると思っても、操《あやつ》られている。阿呆《あほ》のからくり糸車」

―「阿呆船」―

「救済というのは、集団の中で発揮される個人的なエゴイズムにすぎない。だれが、欠けた茶碗を、枯れた一本の木を〈救済〉などできるものか」

―地平線のパロール―

「おれはたぶん
いつの日か飛ぶだろう
『翼の論理』は心を空っぽにして
揚力《ようりょく》を助けてやることであり
時代のふちに腕かけて
一気に大空に身を投げることであり
もっとも高い場所で醒《さ》めることだからだ」

——「人力飛行機ソロモン」——

鳥人の理想はあくまでも「飛ぶ」ことにあるのであって、飛ぶことによって何かを為《な》すことにあるのではない。

——地球をしばらく止めてくれ　ぼくはゆっくり映画を観たい——

文明

すべての文明は魂の内在的な出会い方がえがく軌跡だ。
あらゆる文化の成立ちは、運命であり、その死滅もまた運命である。一人の男の意志的な決意もまた、運命的な出来事にすぎぬ。

―誰か故郷を想はざる―

石畳をめくれば、その下は砂浜だ！
文明の虚《むな》しさは、たかが一枚の石畳の厚さ。

―気球乗り放浪記―

文明というものは年々老《お》いてゆく。しかし人間はそれに追いついて、ともに老《お》いてゆくことができない。
人間の中で老《お》いてゆくことができるのは、たかが肉体だけにすぎない。しかし、だからといって、いつまでも過ぎ去った日にかかわっていると文明どころか、自分の人生にさえもとり残されてしまうことになるのである。

―黄金時代―

方法を持たない思想は、思想を持たない方法にも劣るものである。

―地平線のパロール―

「神を殺して、仏を売って、何の南があるものか。地獄。煉獄《れんごく》。水しぶき。歴史を書くのは右の手で、舵《かじ》をとるのは左手だ！」

―「疫病流行記」―

VIII

生きることは、賭けること

賭博

男は生涯に一回だけ勝負すればいいのだ。

――スポーツ版裏町人生――

賭博《とばく》のなかで最大のものは「人生を賭《か》けること」だ。
なぜなら、カジノで負けても奪われるのはお金だけだが、人生で負ければ、奪われるのは命だからである。

――不思議図書館――

勝負というのはいわば、絶対へのあこがれなのであって、そこにおける叙事詩的な成果は、まさに「勝利」にしかない、と言えるのである。

ボクサーが相手に挑《いど》み、競馬ファンが自分の勝った馬に賭け、ジャイアンツ・ファンが王のバッターボックスに期待するものは、この相対的な価値観にならされた時代における「絶対なるもの」へのあこがれである。

―悲しき口笛―

あらゆる美は、偶然的である。

権力は必然的だが、暴力は偶然的である。わかれは必然的だが、出会いは偶然的である。

そして、その偶然的な運の祝福をゲームにまで止揚《しよう》してみせるのが賭博というものなのである。

―書を捨てよ、町へ出よう―

賭博する男たちはみなそれぞれに
人生その日その日を生きている。
とりわけ、競馬のような「時の賭博」にあっては
いまの一瞬を、過去の深い淵《ふち》に落っことしてしまうか
あすの方へ積みあげてゆくかが
人生のわかれ目になるという訳だ。

―勇者の故郷―

賭博が、しばしば人の生甲斐《いきがい》となりうるのは、それがじぶんの運命をもっとも短時間に「知る」方便になるからである。
女はだれでも、運の悪い女は美しくないということを知っているし、男はだれでも必然性からの脱出をもくろんでいる。

―書を捨てよ、町へ出よう―

ぼくは、知りたいために賭ける。

賭けるものは、つねに投げ出された「部分的存在」であり、統一的な世界のイメージを探求しつづけるものだ。

今日の賭け。朝、ホテルの窓をあけて、最初に目に入るのは、男か、女か？　賭金《かけきん》は一フラン。

結果は、男でも女でもなく、一匹の犬であった。

―気球乗り放浪記―

「明日になれば、思いがけないことが起こるかも知れない」

だから「明日何が起こるかわかってしまったら、明日まで生きる愉《たの》しみがなくなってしまう」のである。

―ぼくは話しかける―

酒を飲まなくても陶酔は出来るし、金を媒介にしなくても女と別れることは学べる。
だが賭けないものには賭博の実感は味わえないのである。

—ぼくは話しかける—

賭博精神は、どちらかといえば無頼《ぶらい》のものではなくて、熱い達観者の思想なのである。

—ぼくは話しかける—

賭博には必勝法が一つだけある。それはイカサマをすることである。「人工的に勝を演出する技術」といってもよい。
だが、必勝法を身につけてしまったギャンブラーには、何の賭博のたのしみがあるものだろう。「人生では決して味わえない敗北の味」もまた、賭博のたのしみの一つなのである。

―時代の射手―

よく、「通算すると儲《もう》かってますか?」とぼくにきく、賭博知らずの知人がいるが、そんなときぼくは実に困ってしまうのだ。賭けるたびに儲かってしまうギャンブルなど何とむなしいことだろう。
負けるかもしれないからこそ、ぼくは賭けるたびに緊張し、そして生きている自分を感じることができるのだから。

―ふしあわせという名の猫―

賭博は、想像力によって偶然性を組織しようとする人々のゲームである。それは、資本主義の富の生産、流通、消費に、もう一つのシステムを与えるものであり、ただのレジャーや気晴らしなどでもなければ、自治体の経済を助ける必要悪などでもない。

その構造の中には、きわめて回転の速い富の流通回路の構造がひそんでおり、弱者にも偶然のチャンスというたのしみが残されているのだ。

—地平線のパロール—

競馬

ヘミングウェイがパリの生活の中で「止《や》めるために、苦しい努力をした」という競馬が私のたのしみになっていた。
人間同士の葛藤《かっとう》のドラマは結局、人間を超えることは出来ないが、偶然との葛藤である競馬は、まるで「神の意志」とのたたかいのように思われたのである。

―人生処方詩集―

勝った馬が常に美しいのは、運の祝福を受けているからにほかならない。

―ぼくが戦場に行くとき―

競馬の快楽とは、運命に逆《さか》らうことだ、というのが、私に競馬を手ほどきしてくれた娼婦のおときさんの教訓なのであった。

—旅路の果て—

競馬に賭けるのは親の代に「決定づけられてしまっている生物学的運命に対する」私たち自身の脱出の占いのようなものである。

—馬敗れて草原あり—

サラブレッドは、もし文学にたとえるならば、散文ではなく叙事詩だと言うべきである。
そして「走る叙事詩」を見に行くことは、炉辺《ろへん》で書物の一ページを繰《く》るよりも、はるかにすばらしい経験だと言うべきではなかろうか。

―山河ありき―

競馬馬《けいばうま》における完全性は、その速さと、美しさである。
サラブレッドはそれ自身が走るのではなく、人々の「幻想が走る」のであるから、速いだけでは不充分なのだ。

―幻想図書館―

ゲートがあいた瞬間に、馬はことばに変り、思考を表わし、バランス、旋回軸、支点を持って一篇の詩を構成しはじめる。

一行のフレーズが、他のフレーズの母となるように、一頭の脚質が他の馬の展開に座標と系統を与える。

そこには、あるさだまった枠組があり、走り出してしまった汽車のような酩酊《めいてい》がある。

―暴力としての言語―

私は、少年時代から競馬の落馬シーンに惹《ひ》きつけられてきたが、それは一言でいえば「落馬が美しい」からであった。――落馬にはどこか〈崩《くず》れゆく〉ものの美がある。

―競馬への望郷―

誰でも、偶然なしでは生きている愉《たの》しみがない。そんなとき、無印の非《ひ》力《りき》な馬の馬券を一枚買ってみる。

その馬の「万に一つの逆転の可能性」は、そのまま自分の人生の「万に一つの逆転の可能性」に通底しているからである。

―山河ありき―

競馬においては「強い者が勝つ」という論理は通用などしない――本質が存在に先行するならば、賭けたり選んだりすることは無用だからである。

「勝ったから強い」のであり、存在は本質に先行するからこそ、人は「存在するための技術」を求めてやまないのである。

―競馬への望郷―

私は必ずしも「競馬は人生の比喩だ」とは思っていない。その逆に「人生が競馬の比喩だ」と思っているのである。
この二つの警句《けいく》はよく似ているが、まるでちがう。前者の主体はレースにあり、後者の主体は私たちにあるからである。

―馬敗れて草原あり―

人は競馬場に出かける前に、必ず幻想のレース展開を組立てる。想像力の荒野で、数頭の馬が「法則」を求めて、抜きつ抜かれつし、一つの結果を生み出す。
そこまでで、レースの半分は終わったことになるのである。あとの半分は、実際の競馬場で、前夜の幻想のレースを「たしかめる」眼のスパイ、現実原則による検算というかたちで行なわれる。

―馬敗れて草原あり―

競馬ファンは馬券を買わない。

財布の底をはたいて「自分」を買っているのである。

しかし、どの馬が、自分の「もう一つの人生」を見事に勝ちぬいてくれるかを知ることはむずかしい。帽子のひさしで、午後の日を翳《かげ》らせながら、人たちは「もしかしたら」の期待をこめて競馬場へ集まってくる。

ふみつけられる競馬新聞、煙草《たばこ》の吸殻《すいがら》と負けた馬券。そして、あてにならない予想屋の太鼓判。——それらの中を、人はかぎりなく迷いながら「自分を買う」ことに熱中する。


—馬敗れて草原あり—

競馬馬《けいばうま》は私たちの「身代り」ではない。私たちはむしろ、自分の馬券が誰に買われているかを知らなければならないのである。

政治家は私たちの「身代り」である。映画スタアや弁護士も私たちの「身代り」である。

私たち自身は、いったい誰の「身代り」なのであろうか？

私たちは誰の馬券を的中させるために、今日の荒野をひた走りに走り続けているのであろうか？　That is Question.

—馬敗れて草原あり—

ボクシング

私はかつてボクシングは、きわめてよく出来たダイアローグ劇だと書いたことがある。

二人のボクサーが、囲まれた四角いジャングルのなかで、果しなく繰返す腕力と腕力のやりとりは、サミュエル・ベケットの『ゴドーを待ちながら』によく似た構図を持っている。

彼らは戦いながら、時に血まみれになりながら現われてくるゴドーを待っているのである。

―地平線のパロール―

あの、殴りながら相手を理解してゆくという悲しい暴力行為は、何者も介在できない二人だけの社会がある。
あれは正しく、政治ではゆきとどかぬ部分（人生のもっとも片隅のすきま風だらけの部分）を埋めるにたる充足感だ。
相手を傷つけずに相手を愛することなどできる訳《わけ》がない。勿論《もちろん》、愛さずに傷つけることだってできる訳《わけ》がないのである。

―あゝ、荒野―

勝負の世界で、何より大きな武器は「不幸」ということである。これは「何が何でも勝たねばならぬ」というエネルギーを生み出す力になる。

―書を捨てよ、町へ出よう―

たたかうことはスポーツの領域だが「勝つ」ことは思想の領域である。

—みんなを怒らせろ—

「ボクサーは自分に勝つ必要なんかない、敵にだけ勝てばいいんだ。敵と戦わなきゃならん大切なときに、自分とも戦うなんて、無茶《むちゃ》なことだ。まるで、二人も相手にするようなもんじゃないか」

—スポーツ版裏町人生—

ボクサーが自分のためでなく、誰かのためにたたかっていると思いだしたら、それはもう転落のはじまりなのである。

—みんなを怒らせろ—

私は「国家」を賭《か》けて戦うようなボクサーよりも「父の座」を賭《か》けて戦うボクサーのほうがはるかに人間的だと思っているのです。

―みんなを怒らせろ―

人は誰でも、他人を襲うとき（それが戦場であれ、情事の戯《たわむ》れのときであれ）自分の顔を鏡にうつして見ておどろくだろう。気がつかなかったが、自分もまた一匹の狼だったのである。

―幻想図書館―

私の母は、捨て児《ご》であった。新聞紙にくるまれて冬の田に捨てられてあったのである。

私の父は巡査だったが、アルコール中毒で外地《がいち》まで行って死んでいる。だから、私は「憎しみこそ、もっとも有効なコミュニケーション」だと思いこまされて、育ったのである。

私が血で顔を洗うようなボクシングに魅《ひ》かれるのも、あの「殴りあい」のなかに、ボクサー同士の愛を感じるからにほかならなかった。


—人生処方詩集—

怒り

愛憎は人間と人間とのあいだにしか生まれぬ感情だが、怒りは時として神に対しても向けられる。
それは、自然と人間とのむなしい闘《たたか》いのなかにも生まれる、きびしい情念の父なのである。

―悲しき口笛―

私は「食うべき時代」よりも「勝つべき時代」が、何となくなつかしく思い出された。

少なくとも戦後の荒廃期には、町に「怒り」があふれていた。いい時代への願望がもえていたのだ。

—みんなを怒らせろ—

「たまには怒ったら、どうですか？

怒ると、人間らしくなる。

少なくとも怒れるってことは植物じゃできないことだからね」

—「さらば、映画よ」—

「あなたを怒らせて
あなたの中の『他人』をひきずり出してやらなきゃね」

―「さらば、映画よ」―

怒りは自動車のガソリンのようなものです。怒りは要するに明日への活力です。
怒りをこめて「ふりかえって」も、すぎさった日々は回収され得ないでしょう。それに過去というのは常に廃虚でしかありません。

―家出のすすめ―

偶然

あてにできるものは偶然だけである。――訪れてくるものは、すべて偶然なるものである。
世界の発生は、まさに偶然であり、歴史は、何の目的をもつものではない。

―馬敗れて草原あり―

リスト

偶然
詩
存在
ドストエフスキー
暴力
古代帝国
質問
高倉健
勝敗
ジャズ音楽

必然
歴史科学
本質
トルストイ
権力
コンピュートピア
回答
三船敏郎
レース
電子音楽

血のついた斧　　法医学
花　　種子
セックス　　化学実験
現在形　　過去進行形
三派全学連　　民青
探偵　　精神科医
ブルース　　砒素
心　　お金
殺人か同性愛　　癌

―幸福論―

〈必勝法〉を獲得し、偶然を排《はい》したとき、人は「幸運」に見捨てられ、美に捨てられる。

―誰か故郷を想はざる―

偶然はつねに美しい。

―ぼくは話しかける―

速度

重要なことは「賭博」は、時間的な人生の燃焼であって、実業ではないということである。

―ぼくは話しかける―

私は短い時間に賭けるものにほど親しみを感じる。なぜなら、三日に生甲斐を感じるものよりも三分に生甲斐を感じるもののほうが「より多く生きられる」ことになるし、いかにも「生き急ぐ」もののの栄光と悲惨がナマナマしく感じられるからである。

―負け犬の栄光―

現在形のまま進行しているものにだけ、生の燃焼と同じはげしさで、死もまた燃焼しているのだと言うことが出来る。

―幸福論―

あらゆる文明の権力から、自らを守るためには速度が必要なのだ。

―書を捨てよ、町へ出よう―

たった一本の煙草にマッチをするつかのま、その一秒か二秒の差が人生を逆転させてしまうのがオートレースの世界なのだ。
それは緩慢《かんまん》な生と対応するすばやい死の翳《かげ》である。鳥の翼のように、私たちの頭上をレースの最後の数秒ごとに通りすぎてゆく死を、誰が見抜くことができるのだろうか？

―書を捨てよ、町へ出よう―

走ることは思想なのだ
ロンジュモーの駅馬車からマラソンのランナーまであらゆる者は走りながら生まれ　走りながら死んだ

―ロング・グッドバイ―

友情

思えば、焼け址《あと》の瓦礫《がれき》の中で、少年の私たちは、見知らぬ同士でも、一個のボールさえあれば、キャッチボールをした。

それは、国敗《くにやぶ》れ、あらゆる価値に裏づけられた私たちに残された、たった一つの対話の方法であった。

私たちは、言葉の代わりに、ボールを交換することで、友情を恢復《かいふく》した。

野球は、ただのスポーツではなく、人間の相互信頼の手段でさえあった。

―気球乗り放浪記―

友情というのは、「魂のキャッチボール」である。一人だけが長くボールをあたためておくことは許されない。受けとったら投げかえす。そのボールが空に描く弧《こ》が大きければ大きいほど受けとるときの手ごたえもずっしりと重いというわけである。

それは現代人が失いかけている「対話」を回復するための精神のスポーツである。恋愛は、結婚に形をかえたとたんに消えてしまうこともあるが、友情は決して何にも形をかえることができない。

―人生なればこそ―

友情は人間が事物的に扱われてゆく「科学の法規」から身を守るための、最後の熱い砦《とりで》だと思われる。

―ぼくが戦場に行くとき―

たしかなことは自分の未来が自分の肉体の中にしかない、ということであり、世界史は自分の血管を潜《くぐ》り抜けるときにはじめてはっきりとした意味を持つものだ、ということである。

自由というのは、もはや、不自由の反対語ではないのである。

―新・書を捨てよ、町へ出よう―

IX

あなたの魂の場所はどこ？

人間

人はだれでも自分自身の遺失物なのだ。

―黄金時代―

人間は、一つの言葉、一つの名の記録のために、さすらいをつづけてゆく動物であり、それゆえドラマでもっとも美しいのは、人が自分の名を名乗るときではないか……。

―家出のすすめ―

「人間は生まれ代わらねばならねえ。
生まれ代わらねえ人間はみな赤ん坊だ！
生まれ代わるためには、死なねばならねえんだ！」

―「恐山」―

人間の条件は、つねに本質よりもさきに「生」そのものがあるのであって「はじめにことばありき」ではなく「はじめに声ありき」だったのである。

―幸福論―

カフカは『兄弟殺し』の中で「なぜ人間は血の詰まったただの袋ではないのか」と問いかけているが、その答は簡単だ。
人間は「話しかける袋」だからである。「血の詰まったただの袋」は、決して叫んだり話しかけたりはできないのである。

―戦後詩―

男はだれでも死について想っている。
男にとって「いかに死ぬべきか」という問いは、「いかに生くべきか」という問いよりも、はるかに美的にひびくのだ。

―ふしあわせという名の猫―

「男は売買《ばいばい》のできない品物である。魂《たましい》だけが、いくらかになる。たぶん、五百円くらいのねうちはあるだろう」

―「サード」―

かくれんぼ

かくれんぼは、悲しい遊びである。かくれた子供たちと、鬼の子供とのあいだに別《べっ》べつの秋が過ぎ、別《べっ》べつの冬がやってくる。そして、思い出だけがいつまでも、閉じこめられたまま、出てくることができずに声かわしあっているのである。


「もういいかい？」

「まあだだよ！」

「もういいかい？」

「まあだだよ！」


—赤糸で縫いとじられた物語—

「こうして逃げたり、追っかけたり……生きてることはほんの鬼ごっこ遊び、つかまるまでのたのしみだ」

――「花札伝綺」――

「泥棒をしていると、必ず誰かが追っかけてくれる。盗みつづけてさえいれば、鬼ごっこは終わらない。
だが、盗みやめたら最後、誰もおれを追っかけてこなくなる。おれは鬼なしじゃ生きられない男」

――「花札伝綺」――

「だれにもぼくの心なんか、わかりゃしないんだ。

ぼくは『かくれんぼ』をしている。

一生かかって鬼かも知れない。

だが、鬼にだって鬼の愉《たの》しみがあるものだ。

もしかすると、二十年たって、ぼくも近所の子たちも大人になって、ぼくも近所の子たちもいい背広を着て、
日あたりのいい蹄鉄屋《ていてつや》の店先か、お祭の行列の中で、
ばったりとみんなの心に出会うかも知れない。

そのときに永い愉《たの》しみが終わる――

一生かかって、かくれんぼの鬼のぼくを、
気安《きやす》くあわれむな。

――ぼくは、こんなさびしい遊びが好きなのだ」


―「犬神の女」―

かくれんぼの鬼とかれざるまま老いて誰をさがしにくる村祭

―田園に死す―

人の一生　かくれんぼ
あたしはいつも
鬼ばかり
赤い夕日の　裏町で
もういいかい　まあだだよ

―かもめ―

死

「生が終わって死がはじまるのではなく、生が終われば死も終わる。死は生につつまれていて、生と同時にしか実存しない」

―馬敗れて草原あり―

他者の死は、かならず思い出に変わる。思い出に変わらないのは、自分の死だけである。

―旅路の果て―

自己の死は数えることができない。それを見ることも、手でふれることもできない。
だが他者の死は読める。数えられる。手でさわることもできる。それは再現さえ可能の世界なのだ。

―地平線のパロール―

この世には生と死があるのではなく、死ともう一つの死があるのだということを考えない訳にはいかなかった。死は、もしかしたら、一切《いっさい》の言語化の中にひそんでいるのかも知れないのだと私は思った。
なぜなら、口に出して語られない限り、「そのものは、死んでいない」ことになるのだから。

―鉛筆のドラキュラ―

「生きてるあいだは、随分《ずいぶん》と人騒がせなことをやったから……」と私は思った。「せめて死ぬとき位《くらい》は、人知れず、ひっそりと姿を消したい」

―旅路の果て―

私は、夜死んでゆく勝負師というのは、きらいである。
王者《おうじゃ》が死ぬのには朝がいちばんふさわしい。

―みんなを怒らせろ―

人間の完成というのは彼の死によってしか達成されない。

―映写技師を撃て―

私は自分だけのものではなくなってゆく死について想《おも》うようになった。もしかしたら、私の死は私に手渡される前には、ほかのだれかがあずかっているのかも知れない。

―ひとりぼっちのあなたに―

生と死とのあいだには、バルコニーのドア位《くらい》の仕切《しき》りしか存在していない、というのがロルカの死生観であり、しかも信じられないことに、ロルカは「生と死とは対立関係ではなく、場所が違っているだけのこと」だと、考えていたのであった。だから、死神《しにがみ》が居酒屋を出たり入ったりしていたり、死んだ女の子が水の上を流れていきながら、歌っていたりするのが彼の故郷の情景となっていた。

―鉛筆のドラキュラ―

死者は、たとえば背広のポケットに入る位《くらい》の大きさで充分だ。

なぜなら、死者は最早《もはや》、ただの〈ことば〉に過ぎないのだから。


―月蝕機関説―


私の同級生のうち、自殺したものは二人しかいなかった。

その中の一人は連絡船から津軽海峡にとびこみ　一週間後に打上《うちあ》げられた。私は、その女子高校生の友人の、水にさらされた遺体に手でふれてみた。手応えはあった。しかし、私がふれたのは死そのものではなくて、ただの死体でしかなかったのである。

私はそのときに感じた。

「だれも他人の死の重さをはかることは出来ないのだ」と。


―人生処方詩集―

「病院の廊下とは、不思議なところです。
その長い長い廊下で
生と死がすれちがったりするのです。
そこには、霊媒《れいばい》をする鴉《カラス》
白髪の巫女《みこ》たちが
病人をのせた担架《たんか》をはこびながら
行ったり来たりしています」

―「まんだら」―

「じゃあ、あるのに見えないものというのは何なの？」
「それは……冥土《めいど》よ、あの世よ。見えてでも、ほんとは無《ね》え……のが、この世での……見えねけんどもほんとはある……のがあの世さね」

——「恐山」——

「冥土では、人はさかさに年をとる。だんだん生まれた日に近づいてゆくんだよ」

——「九州鈴慕」——

「死ぬことが？　石のようにこりかたまった死がか？　吹いても鳴らない法螺貝《ほらがい》のような死がか？　そんなものは怖くはない……ただ、あまりにも時が足りぬことが惜しまれてならない。たぶん、私は命を狙《ねら》われているだろう」

——「足利尊氏」——

人が死ぬときには、それぞれにふさわしい死の曲というのがある。自分に似合った曲をききながら息を引きとることができれば、この上ない幸福だと思うべきだろう。

――青蛾館――

「あたしは今夜、死ぬ稽古《けいこ》をするんだ。嬉《うれ》しいわ、コーラスつきで何度も死ねるなんて」

――「青ひげ公の城」――

「人間は死ぬべきときに死なず、ただその時が来たら死ぬもんだ」

――「百年の孤独」――

「私は大賛成だ、死んだ人ほど家庭的だからね。決してどこにも行くことがない」

―「花札伝綺」―

死をかかえこまない生に、どんな真剣さがあるだろう。明日死ぬとしたら、今日何をするか？

その問いから出発しない限り、いかなる世界状態も生成されない。

―さかさま世界史―

「不死身……それはにんげんのみる最後の夢、一番重い病気だ。

だが死なずに老いてゆくとしたら、それは何というおそろしいことだ」

―「黙示録」―


死は、いつでも生のなかにつつまれていて、ニシンと数の子のように、同じ時をかぞえているのである。

死の恐怖は、同時に生の恐怖でもある。この二重奏は、ときには死の実存をかなでるラヴィアン・ローズなのである。

―暴力としての言語―

オートバイには死の匂いがただよっている。

サンフランシスコの「地獄の天使」とよばれるオートバイ・ギャングたちは、皮のジャケットの下はいつも裸で、十字架をぶらさげて秒速二〇台で死と戯《たわむ》れているのだが、彼らは男色《だんしょく》、麻薬、強姦といったことをくりかえしているにしては、だれもが聖者のような顔をしているのである。

彼らの仲間の一人であり、通称〈サソリ〉と呼ばれるヘンドリックスはサンフランシスコの海岸沿いを疾走しながら、死んだのだが、死んでからもまだ秒速二〇台で走りつづけていたという。

つまり、速度が生死の国境をとびこえてしまったため、肉体が死んだあとも一直線に海に向かってペダルをふみつづけてしまって、死を生きていた、というわけなのだろう。


―書を捨てよ、町へ出よう―

ほどかれて少女の髪にむすばれし葬儀の花の花ことばかな

―田園に死す―

生命

私は子供の頃、世の中の生命の絶対量は一定だと思っていた。

だから、誰か一人が生まれるためには、どこかで、誰かが死ななければならない。私が生まれたときにも、きっとどこかで誰かが死んだはずであって、私はその人の生命を引き継《つ》いだにすぎないのだ。

その人は、たぶん、私と同じ性格で、同じような血の色をしているだろう。その人に「逢《あ》いたい」とも思った。すると、船乗りだの刺青師《いれずみし》だの薬売りだの、腹話術師《ふくわじゅつし》だの、と、さまざまの人が思い浮かんだ。だが、私はその人に永遠に逢《あ》うことができないのであり、私のあと、私の生命を引き継《つ》ぐ人にも逢《あ》うことはできないのである。

どこかで、子供が産まれかけ、母親が苦しんでいる。そんなとき、見知らぬ町で殺人がおこる。殺人が未遂で終わると、腹の中の赤児が流《なが》れる。「殺す」のは「生む」の反語ではなく、同義語なのだ。

――花嫁化鳥――

空に星が一つふえるたびに
地上の星は一つ姿を消す。
地上の星とはいったい何のことか？
それは少年にもわからない。

――勇者の故郷――

「地上から一人の人間が姿を消すたびに
空がその罰を受けて、星をかかげるかな、って思うことがある。
だれかがだれかを捨てて旅立つたびに、
空には新しい星が一つずつ殖《ふ》えるのだ。
もしかしたら天文学は、地上の罪のかぞえ唄なのかもしれない」

―「アダムとイヴ・私の犯罪学」―

死んだ人はみんなことばになるのだ。

―地獄篇―

父親になれざりしかな遠沖を泳ぐ老犬しばらく見つむ

――墓場まで何マイル？――

時がくると、私の人生にはピリオドが打たれる。
だが、父親になれた男の死はピリオドではなく、コンマなのだ。
コンマは休止符であり、また次のセンテンスへとひきつがれてゆくことになる。

――墓場まで何マイル？――

墓

私の詩のなかには
いつも汽車が走っている
だが私はその汽車に乗ったことがない

—幸福論—

「生きてる人にだってお墓はあるさ。
あたしが生きてた頃、あたしのお墓はお父さんだった。
やさしいお墓、病気のお墓。
あたしはよく寝る前にお墓の肩を叩《たた》いてやったっけ」

―「九州鈴慕」―

消しゴムがかなしいのは
いつも何か消してゆくだけで
だんだんと多くのものが失われてゆき
決して
ふえることがないということです

―赤糸で縫いとじられた物語―

「世界の涯《は》てとは、てめえ自身の夢のことだ、と気づいたら、思い出してくれ。
おれは、出口。おれはあんたの事実。そしておれは、あんたの最後のうしろ姿、だってことを」

――「壁抜け男」――

「隣の町なんて、どこにもない……神様トンボはうそつきだ。
両目とじれば、みな消える……隣の町なんかどこにもない……百年たてば、その意味わかる！
百年たったら、帰っておいで！」

――「さらば箱舟」――

「だれもいなくなってしまった……何でも望みを叶《かな》えてくれるお焼場《やきば》の煙突のけむりもとまってしまった……お日さまが照《て》っているのに地上は暗い……にんげんは、中途半端な死体として生まれてきて、一生かかって完全な死体になるんだ」

—「さらば箱舟」—

寿司屋の松さんは交通事故で死んだ。ホステスの万里さんは自殺で、父の八郎は戦病死だった。

従弟の辰夫は刺されて死に、同人誌仲間の中畑さんは無名のまま、癌で死んだ。同級生のカメラマン沢田はヴェトナムで流れ弾丸《だま》に当たって死に、アパートの隣人の芳江さんは溺死した。

私は肝硬変で死ぬだろう。そのことだけは、はっきりしている。だが、だからといって墓は立てて欲しくない。私の墓は、私のことばであれば、充分。

—悲しき口笛—

「きれいな　お墓
あなたの　お墓
春には　つばめが来るでしょう
秋には花が　咲くでしょう」

―「青髭と苺ジャム」―

昭和十年十二月十日に
ぼくは不完全な死体として生まれ
何十年かかゝって
完全な死体となるのである
そのときが来たら
ぼくは思いあたるだろう
青森市浦町字橋本の
小さな陽あたりのいゝ家の庭で
外に向かって育ちすぎた桜の木が
内部から成長をはじめるときが来たことを

子供の頃、ぼくは

汽車の口真似が上手かった
ぼくは
世界の涯《は》てが
自分自身の夢のなかにしかないことを
知っていたのだ

―「懐かしのわが家」―

魂

魂《たましい》について語ることは、なぜだか虚《むな》しい。だが、魂を持たないものには、故郷など存在しない。

―ふしぁわせという名の猫―

血があつい鉄道ならば
走りぬけてゆく汽車はいつかは心臓を通るだろう

―ロング・グッドバイ―

「ぼくの鉄道は、ぼくのなかを流れている赤い血なのだよ、お父さん。血があつい鉄道で、はしり抜けてゆくぼくの汽車が心臓にさしかかるとき、ぼくの喉《のど》は思わず、ポーという汽笛をあげる……そう、それはやがて来る時代のさむ空を突刺《つきさ》すようなポーのひびきだ」

――「アダムとイヴ・私の犯罪学」――

「死んだ鳥は、きっと、あの深い空のどこかに埋められるのだ。あの空には、かぎりないお墓があるのだ。そこには、ぼくの墓もあるに違いない」

――「黙示録」――

「一本の欅《けやき》の木の中にも祭りはある。
ただ欅《けやき》の木のなかで、
祭りは、いつも眠っているだけなのだ！」

――「恐山」――

「眠ってみる夢は、かならず途中で醒める。
だから、醒めない夢を見ようと思ったら、
死んでみるのが一番だ」
――死は、夢恋しさの蟬しぐれ。

――「さらば箱舟・遺稿」――

解説「書物を解体する寺山のアフォリズム」

山口昌男

寺山修司は持病ネフローゼのために早世した。それゆえ寺山は今なお若者に訴えるものを多く持っている。

つい最近、小樽文学館で小林多喜二殉難七〇年を記念して小樽文学館長亀井秀雄氏とシカゴ大学教授ノーマ・フィールド氏の講演会が催されたので私も聴衆として参加させて貰った。

フィールド氏は多喜二を殺した時代の雰囲気に9・11以降のアメリカの市民として、現代にそれと同じものをひしひしと感じ、それが多喜二の時代を感じさせるようになっていると論じた。亀井氏は多喜二のテキスト「テガミ」を壁小説という作者の規定によって論じている。壁新聞という作者の否定につながりかねないテキスト形式についてである。壁は特定の人物に属していないから人が勝手に書き込む事が出来る。したがって、ここにテキストのモザイク性が生じる。

寺山修司は、ふつう結びつけられることがないが、戦前の表現主義を戦後においてブリリアントな形で再現しようと努力し、成功した作家であった。破壊することによって創造するというのは、言うは易いがイメージが必要であることは云うまでもない。

寺山の作品は、言葉が現実から剝がされることによって成立する。「家出のすすめ」の家庭という言葉がそうである。また「書を捨てよ、町へ出よう」は書物の一般観念を否定する。家に閉じこもって貼りついている人間のイメージを剝がすために、街頭と舞台の区別を否定した。「青森県のせむし男」は、血と犯罪とが奇妙に入り混じる現実を異化し叙事詩的に描いた。

こうして意味ある物、断片として機能している全体性の部品を意味のない記号素に分解して各断片を空中に浮遊させる。そしてこのように意味を失って浮遊した事物を、エキゾチックな機能性を通して結びつけて未知の空間をつくり出すのだ。その見事な成果だった、パルコ劇場の「中国の不思議な役人」の舞台の興奮を我々は今も忘れない。

現実をぶった切って意味のない断片にするという点で、寺山がもっとも特異の才能を発揮したのが、アフォリズム（警句）群であった。アフォリズムは言葉を短く切り、ふつうの文脈から切り離した言葉同士の間にショートを起こさせる技術である。

寺山は書物を電線がスパークするようなショートの場所と考えた。だから青春論、生き方論、芸術論、演劇論などジャンルの区別なく書いた。その一例が、当時若者を対象として発行された、三一書房の『現代の新書』

の一冊、「現代の青春論」（現在改題して「家出のすすめ」）である。青春論はそれ自体、かなりの書き手でも〈文化人〉と自らを考えている知識人は手を出さないジャンルである。この本の中に「博物館で殺された」という章がある。この章は青春論というよりも寺山自身のエッセイとしてあらゆる年齢の読者の熟読に耐えるものである。

寺山は大学祭など潜在的な公演の場所を大事にして、よく出かけた。私もインドネシア調査に出かける前日、「盲人書簡・上海篇」を法政大学へ観に出かけた。また当時、少なくとも寺山の生きている頃には、政治、行政に買い取られていた某大学でのグロテスク博物館というのに招待され出かけている。グロテスクというのは目に馴れた事物間、あるいは一事物の動き、アンバランスさを急に呈示することによって良俗趣味を破壊する行為である。

会場は入ると出口は破壊される。これは寺山がヨーロッパ公演で観客を暗闇に閉じ込めることにより衝撃を与え、観客をヒステリー状態に陥れた典型的方法である。その中で天井からは、脳味噌を取り出してしまった牛の頭などがぶら下がっている。会場の片隅に磔つけされた首のない牛がいる。スピーカーからは「箱の中には血の流れている骨がつまっている」と告げられる。

実際の大学祭の方が先であったのか、寺山の方が先だったのか、もはや定かではないが、とにかくこのようなエッセイにおいても寺山修司は時代の二〇年先をゆっくり歩いていたのである。

（文化人類学者・札幌大学学長）

寺山修司

1935年、青森県三沢に生まれる。
1954年、十八歳で「短歌研究」新人賞受賞。
早稲田大学教育学部在学中より歌人として活躍。
1957年、21歳で初の作品集『われに五月を』刊行。
1967年、演劇実験室「天井棧敷」主宰。
劇作家、詩人、歌人として数多くの作品を発表し、
演出家としても世界的名声を得る。
1983年、河北総合病院にて肝硬変と腹膜炎のため、
敗血症を併発、5月4日、死去。享年47歳。
代表作として、
映画『書を捨てよ、町へ出よう』『田園に死す』
『草迷宮』『さらば箱舟』
演劇『青森県のせむし男』『毛皮のマリー』
『阿呆船』『邪宗門』『青ひげ公の城』
『疫病流行記』『奴婢訓』『レミング－壁抜け男』
詩集『われに五月を』『地獄篇』小説『あゝ、荒野』
エッセイ『家出のすすめ』『誰か故郷を想はざる』
評論集『地平線のパロール』などがある。

本書は寺山修司の遺した著作物の、
ほぼ総てを検討し、「名言」と判断した言葉を厳選して掲載した。
掲載にあたり明らかな誤植と思われるものは訂正した。
また、書籍の性質上の読みやすさを考慮し、
若干の行変え、括弧の変更等を行った。

寺山修司名言集　身捨つるほどの祖国はありや

発行日　二〇〇三年三月三〇日　第一刷
　　　　二〇二四年九月三〇日　第十一刷

著　者　寺山修司

発行人　小林　大介
編　集　藤本　真佐夫
発行所　株式会社パルコ　エンタテインメント事業部
　　　　東京都渋谷区宇田川町十五ノ一
　　　　https://publishing.parco.jp

印刷製本　TOPPANクロレ株式会社

ISBN978-4-89194-655-5　C0095